REMANSO DO HORROR
O CASAL ESPECTRAL

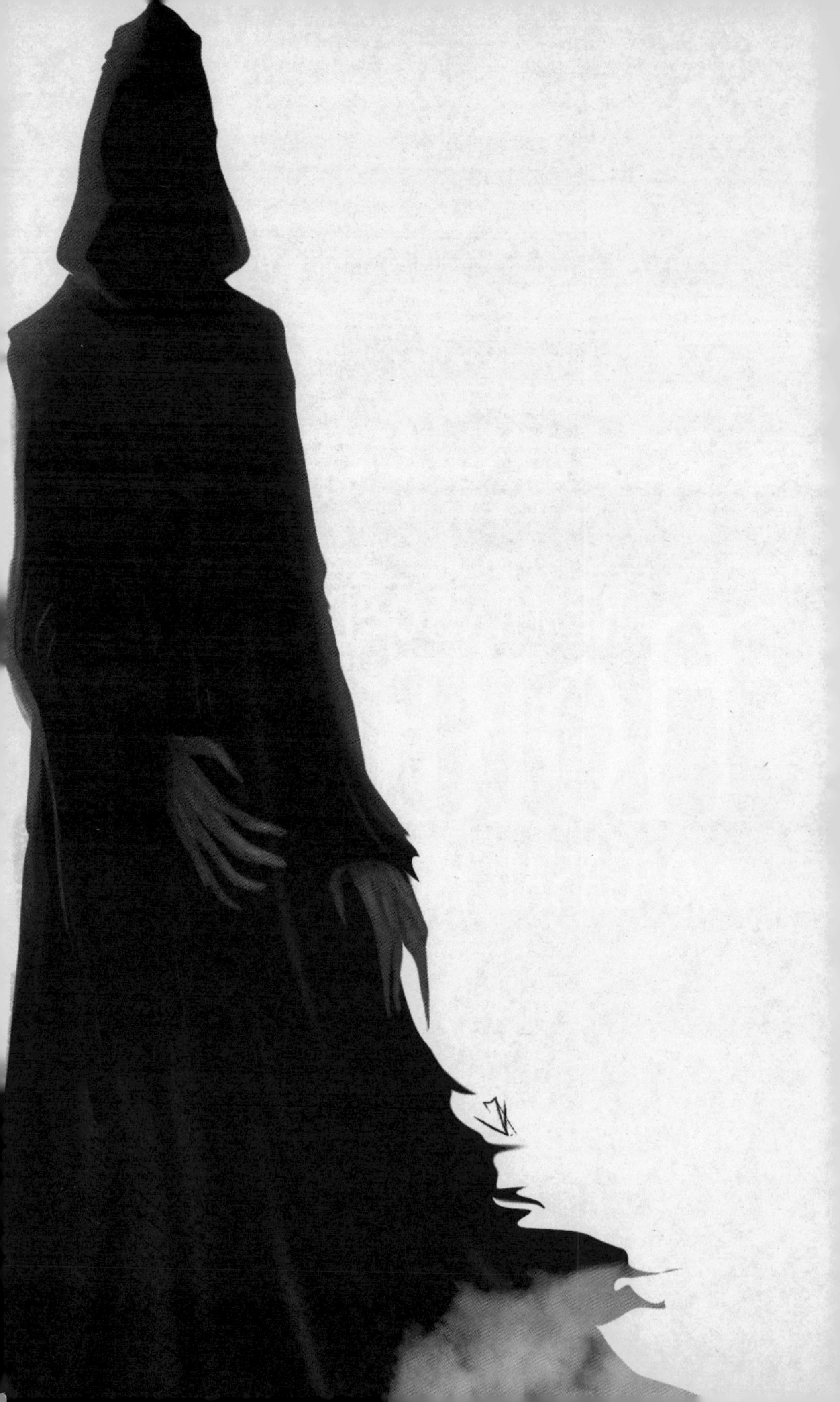

REMANSO DO HORROR
O CASAL ESPECTRAL

L. B. Carneiro

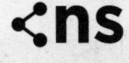

‹ns

São Paulo, 2023

Remanso do horror: O casal espectral
Copyright © 2023 by Lenita Carneiro
Copyright © 2023 by Novo Século Editora Ltda.

EDITOR: Luiz Vasconcelos
GERENTE EDITORIAL: Letícia Teófilo
PRODUÇÃO EDITORIAL: Lucas Durães
PREPARAÇÃO: Marina Montrezol
REVISÃO: Walace Pontes
PROJETO GRÁFICO E DIAGRAMAÇÃO: Manoela Dourado
ILUSTRAÇÃO DE CAPA: Raul Caraça de Souza
COMPOSIÇÃO DE CAPA: Ian Laurindo

Texto de acordo com as normas do Novo Acordo Ortográfico da Língua Portuguesa (1990), em vigor desde 1º de janeiro de 2009.

Dados Internacionais de Catalogação na Publicação (CIP)
Angélica Ilacqua CRB-8/7057

Carneiro, Lenita B.
   Remanso do horror: O casal espectral / Lenita B. Carneiro. -- Barueri, SP : Novo Século Editora, 2023.
   192 p. : il. (Vol. 2)

ISBN 978-65-5561-516-6

1. Ficção brasileira 2. Terror - Ficção I. Título II. Série

23-2501   CDD B869.3

Índices para catálogo sistemático:
1. Ficção brasileira

GRUPO NOVO SÉCULO
Alameda Araguaia, 2190 – Bloco A – 11º andar – Conjunto 1111
CEP 06455-000 – Alphaville Industrial, Barueri – SP – Brasil
Tel.: (11) 3699-7107 | E-mail: atendimento@gruponovoseculo.com.br
www.gruponovoseculo.com.br

> "QUE ESPANTOSO SORTILÉGIO DOMINAVA MINHA EXISTÊNCIA?"
> (Ambrose Bierce)

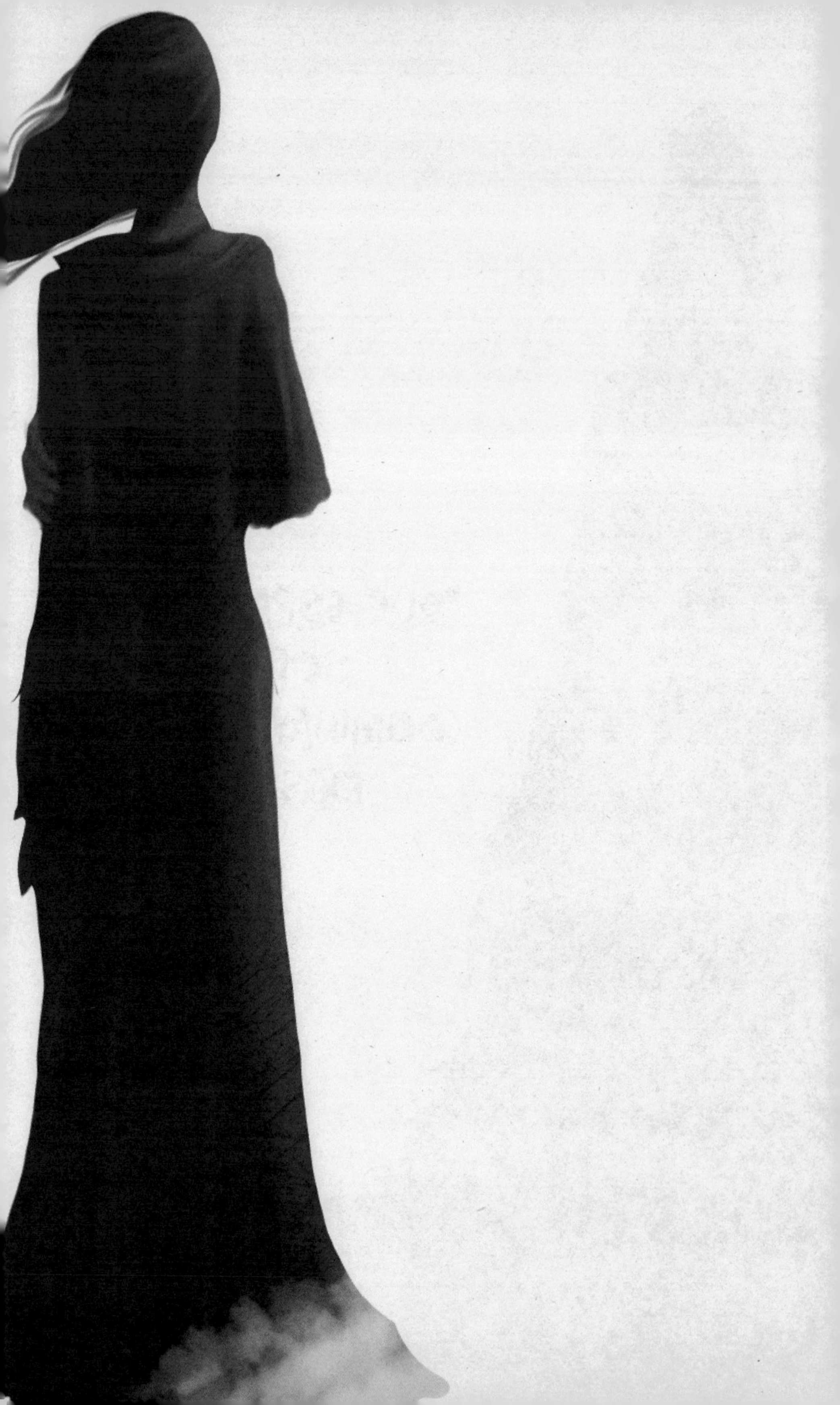

PRÓLOGO

O painel luxuoso registrou noventa quilômetros, velocidade excessiva para aquela estrada íngreme e sinuosa.

O casal era jovem, mas o namoro era velho e já ostentava as marcas da corrosão. A garota, corpo definido envolto num vestido vermelho e justo de festa, discutia o que considerava mais uma deslealdade do parceiro, que não se preocupava em disfarçar seu interesse por outras mulheres, com destaque para a bela amiga que haviam deixado na sede da Fazenda Cardoso, ao final de outro badalado evento da universidade local.

Regado a bebida, o embate se tornava agressivo, ela desfiando acusações em voz alta, ele desferindo socos no volante e vociferando que não interferisse em sua vida. Insultos recíprocos, típicos das relações exauridas, eram proferidos sem cerimônia. O cheiro de álcool exalava no espaço exíguo da cabine, misturado a um nauseante odor de flores de origem incerta.

Ele segurou o copo plástico, adesivado com o emblema do curso de Administração, e despejou na garganta mais um generoso gole da vodca saborizada. Ela enfim se calou, pressentindo o perigo de um impasse estabelecido naquele contexto peculiar.

Sabia dos graves problemas que o acometiam. Sabia dos psiquiatras, dos medicamentos e do efeito potencializado das drogas. Tinha consciência da fragilidade mental e das oscilações de humor do namorado, cuja casa frequentava desde a infância. Afinal, pertenciam ambos a famílias latifundiárias da região, integrando desde sempre o mesmo círculo-social e comungando idênticos valores.

Acreditava conhecê-lo e se julgava capaz de prever suas reações. De uma forma ou de outra, sempre conseguira controlar o gênio do parceiro e se impor, até porque fora criada para isso: tinha aquele orgulho de classe característico de quem nasceu predestinado a mandar! Mas cada indivíduo é um enigma único, passível de surpreender até os mais íntimos quando exposto a temerários estímulos ou submetido a obscuras influências. Ela imaginava que sim, mas não estava ciente de tudo sobre ele.

Não sabia das vozes que teimavam em ciciar malefícios em seus ouvidos durante o sono. Não sabia dos seres rastejantes que habitavam sua mente, subtraindo toda e qualquer possibilidade de paz. Desconhecia os avassaladores tormentos que embotavam seu cérebro, exposto a lancinantes espasmos de incompreensão e dor.

Ele pisou mais fundo no acelerador. Um Ícaro atormentado e desprovido de ideais, vislumbrou com gozo a densa mata deslizar depressa na lateral do veículo. Baixou o vidro e sentiu no rosto a essência rançosa da floresta, presença ameaçadora e constante em toda a sua breve existência. Sentiu na boca o gosto da cor. Seria isso possível, sentir o gosto da cor? Ele sentiu, e era verde. Mas não um verde puro, não um verde autêntico e ecológico; o seu era um verde-amarelado e doentio.

Ela, agarrando-se com zelo à vida, amansou a voz num derradeiro esforço de tranquilizá-lo: estava tudo bem, conversariam mais tarde e voltariam a se entender como de costume. Mas não chegou a concluir a frase.

Era tarde para eles, hora inadiável de atravessar os portões enigmáticos que conduziam ao temido território dos mortos!

A caminhonete atravessou direto a Curva do Destino, voou no vazio e mergulhou nas águas sombrias do Rio das Dores, bem ao lado do enevoado remanso que dava nome ao distrito.

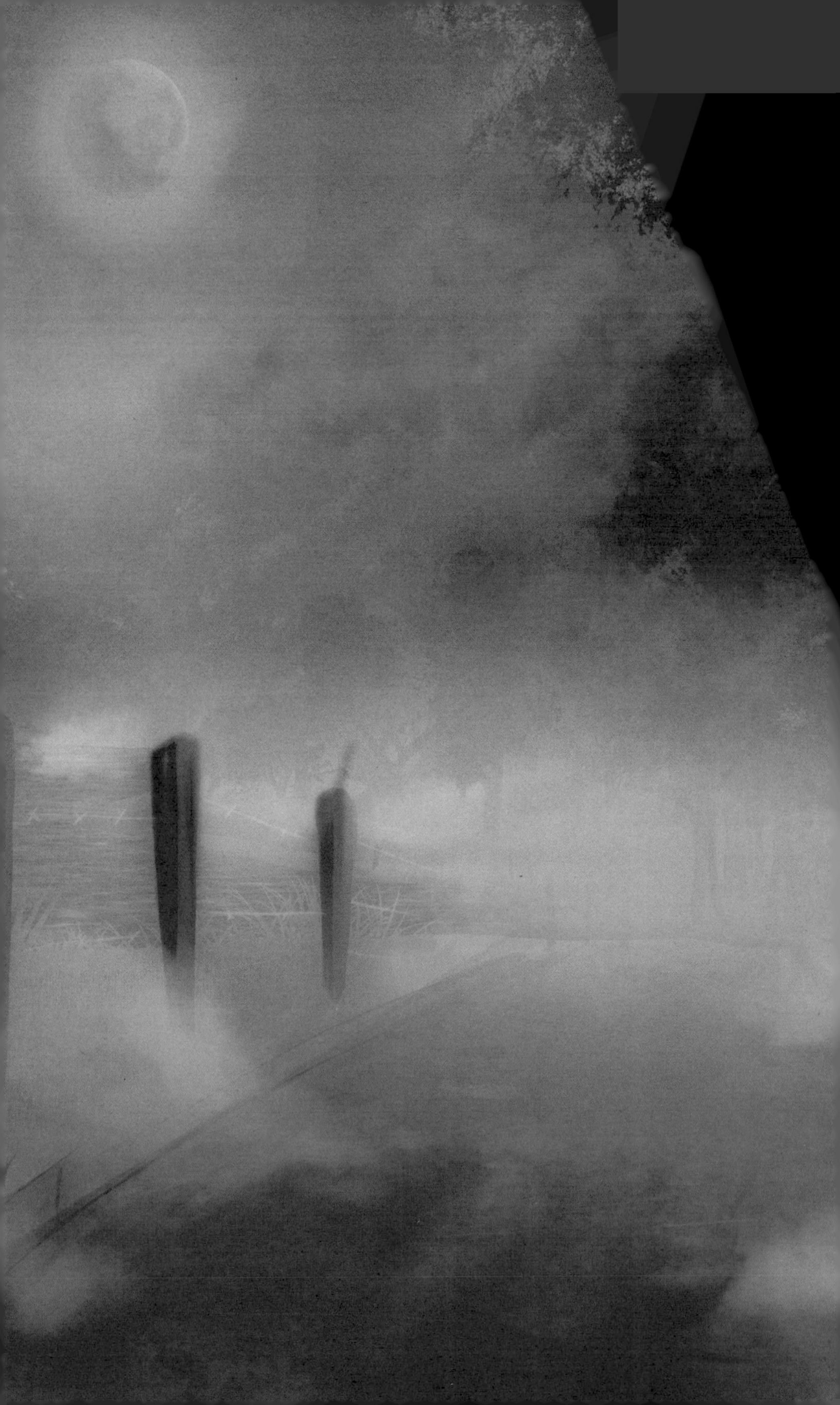

1

Márcio Fonseca conferiu o relógio de pulso pela terceira vez. Tinha verdadeira paixão pelo acessório. Era quase um colecionador e não se imaginava substituindo seus charmosos exemplares pela solução pouco prática do celular, artefato de precária utilidade naquele território de sinal oscilante.

Encostado no veículo oficial diante da casa amarela de janelas vermelhas, aguardava ansioso a saída de Eduardo enquanto observava o movimento dos turistas, com suas mochilas pesadas, seus equipamentos inúteis e sua crença ingênua nas vibrações enganosas daquele lugar.

A "consulta" estava demorando demais. Já gastara seu precioso tempo locomovendo-se até a igreja matriz do município, tão somente para receber a informação de que o padre estava em

Remanso; "de novo", acrescentara, sugestivamente, a atendente da igreja.

Aquela expressão ficou martelando no seu cérebro de investigador. Que significado teriam essas visitas reiteradas do sacerdote ao distrito natal, sugeridas de maneira meio entediada, meio ciumenta, pela indiscreta funcionária? Se estivesse em qualquer outro lugar do mundo, diria que se tratava de mera coincidência. Mas não estava em um lugar qualquer. Estava em Remanso, o distrito campeão dos eventos inexplicáveis! Nada ali era obra do acaso. Suspirou e permaneceu em seu posto.

Mais 35 minutos transcorreram até que duas vozes, uma masculina jovem e outra feminina madura, fizeram-se ouvir, oriundas do interior da residência.

– Já disse que não, dona Cleuza!

– Mas, padre, isso não é normal! Ele nunca foi assim, está muito esquisito! O senhor conhece o meu filho desde pequeno!

– Por isso também é que tenho certeza. Meu conselho é que procure conversar e compreender as questões que o afligem. A adolescência é uma fase complicada, talvez seja o caso de buscar ajuda profissional. E estou falando de um terapeuta, não de um religioso! Esteja certa de que esse caso não demanda a interferência da Igreja, não tenho a menor dúvida quanto a isso!

Mas a mulher parecia pouco convencida e disposta a insistir, amparada numa intimidade de quem conheceu o sacerdote no berço. O delegado segurou o riso quando viu Eduardo perder sua famosa paciência, libertando, com um ligeiro puxão, o braço que ela teimava em segurar e proferindo, com alguma rispidez, a frase cujo significado Márcio Fonseca não compreendeu a princípio:

– Pare com isso, dona Cleuza! Há quantos anos a senhora vive aqui? Não sabe que não existem casos de possessão em Remanso?

O delegado entreviu a mulher alternar a expressão ansiosa do rosto para outra mais conformada, enquanto o padre atravessava ligeiro a calçada de pedra, a fim de se aproximar dele.

– Estou esperando há mais de uma hora! O que foi isso?

Eduardo coçou a parte de trás da cabeça antes de responder.

– Nem eu sei ainda. Nas últimas semanas, a Igreja recebeu, simplesmente, seis chamados de famílias do distrito, preocupadas com mudanças no comportamento de seus jovens membros. Já estou estressado!

– Você? Inacreditável! Mas que frase foi aquela no final da conversa, "não há casos de possessão em Remanso"? – repetiu, com exagero, tentando imitar a entonação severa do amigo. – Não entendi nada!

– Isso mesmo que você ouviu: não há casos de possessão no distrito – o sacerdote frisou.

– Ora, muito me surpreende! Achei que esse pedaço de fim de mundo era cobiçado por todos os entes maléficos do universo!

– Pois é, aí você se engana! Nunca vi um caso de possessão por aqui, nem há qualquer registro no passado. Sei disso porque pesquisei nos arquivos da Igreja.

– E qual é a explicação?

– Não tenho certeza, mas arriscaria especular que os demônios clássicos não se aproximam, porque têm medo! Está chocado? – indagou, diante da expressão boquiaberta do outro, mas não esperou a resposta. – Ou então existe uma demarcação de território, porque esta área está sob outra influência: a de uma força ancestral que habitava a Terra muito antes de nós e que não se submete aos dogmas das religiões tradicionais.

Entraram no carro e seguiram direto para a delegacia, onde se acomodaram nas novas e confortáveis poltronas do gabinete.

– Opa! O negócio aqui melhorou, hein? – Eduardo foi o primeiro a falar, e Márcio Fonseca esboçou um sorriso ao responder:

– É verdade! No fim das contas, os acontecimentos que protagonizamos acabaram por repercutir favoravelmente na minha carreira. Além disso, meus superiores estão se esforçando para que eu permaneça por aqui e não peça transferência tão cedo!

– É muito bom saber disso, principalmente agora!

– Está se referindo ao acidente? Se está, acho que chegamos ao motivo do nosso encontro. Já sabe dos detalhes?

– Só as informações divulgadas pela mídia, que, graças a Deus, ainda não está agitada como de costume. Imagino que os dados sigilosos do inquérito não tenham vazado, mas isso não tardará a acontecer. Porque aqui, como costuma destacar minha querida amiga Helô, "não existe o tampado"! – Riram, e Eduardo continuou. – Mas deduzo que haja muito mais!

– Deduziu certo, como de praxe! – concordou o delegado e emendou a pergunta. – Sei que conhece bem a família Mendonça. O que pode me dizer do garoto?

– É verdade, conheço bem a família. São católicos praticantes. Tenho uma afinidade especial com a viúva. Sei que muitos a consideram prepotente, mas acredito que certas atitudes decorram da necessidade de ela se impor num ambiente misógino. É uma mulher batalhadora, que enfrentou e superou muitos percalços. Mas vamos ao filho. O que posso dizer? Bom, acho que foi criado mais pela avó do que pela mãe. Aquela, sim, um osso duro de roer, embora seja também um membro dedicado da nossa congregação. Talvez por isso, e pelo próprio temperamento, o garoto sempre tenha sido difícil. Na infância, nem tanto, só era muito levado, um tipo hiperativo. Mas, na adolescência, as coisas se complicaram, principalmente após a morte do pai. Fui chamado muitas vezes para interceder e aconselhar. Sem muito resultado, como se percebe.

– Ele fazia algum tipo de tratamento?

– Fazia terapia, eu mesmo ajudei a encaminhar. E também sei que tomava medicamentos. Conheço todos os profissionais que o acompanharam, pessoas experientes e confiáveis. Mas, você sabe, não há garantia de resultado nesse campo. Nem com todos os recursos do mundo.

– Sei bem como é...

O delegado se calou e coçou o queixo. Eduardo já conhecia aquele gesto, espécie de prelúdio para alguma revelação bombástica, e decidiu se antecipar:

– Não foi um acidente, estou certo?

O outro respirou fundo, como quem toma fôlego para uma longa explanação.

– Não, não foi.

– Vamos lá, conte-me tudo, não me esconda nada! – brincou o sacerdote, com a intimidade consolidada nos últimos três anos. Sabia que o policial depositava total confiança nele, a quem se referia como seu "parceiro de pelejas sobrenaturais".

– Pois bem, lá vai. Alícia Monteiro ainda estava viva quando os socorristas chegaram ao local do acidente.

– Isso eu já tinha ouvido falar.

– Sim, mas não ouviu os detalhes, porque determinei sigilo. Eles a encontraram andando em círculos no remanso, perto do carro. Com um tampo do couro cabeludo pendurado na cabeça, parte do crânio esmagada, corpo e rosto encharcados de sangue. O vestido era uma plasta vermelha grudada no tronco. Uma visão do inferno, segundo disseram. Estavam impressionados, e olha que já viram muita coisa feia. Não conseguiam entender como ela ainda se movia!

O padre baixou os olhos e juntou as mãos em sinal de oração.
– Mas não foi só isso!
– Tem mais?
– Agora vem o mais importante. Relataram que, inacreditavelmente, além de caminhar em círculos, ela também articulava frases, transtornada. Nem tudo eles conseguiram entender, mas duas falas eram pronunciadas de forma clara e insistente: "Ele jogou o carro! O desgraçado jogou o carro comigo dentro!", ela dizia, enquanto olhava enfurecida para a caminhonete mergulhada na correnteza do rio, com disposição para esganar o motorista se tivesse a oportunidade de alcançá-lo! – O delegado mirou o rosto estupefato do amigo. – Então, foi o que aconteceu! – continuou. – O resto você já sabe, ela morreu antes de chegar ao hospital. E, para ser sincero, nem sei como ainda estava viva. Lembro-me dos socorristas consternados, falando do quanto ela era bonita. Achei até estranha a fixação deles nesse aspecto, como se isso acrescentasse valor à vida de uma pessoa. – Deu de ombros e prosseguiu. – Fazer o quê? Na juventude, o apelo dos atributos físicos é sempre exagerado. Isso só se modifica com a maturidade... – divagou.

– E quanto à perícia? – Eduardo interveio. – Porque, no estado em que ela se encontrava, não podemos ter certeza quanto à fidelidade desse relato!

– Aí é que está! Os peritos, ao menos preliminarmente, confirmam a hipótese. Não encontraram marcas de pneus na estrada, o que revela que não houve esforço para frear o automóvel. A posição em que o carro caiu na água indica que foi quase impulsionado, em alta velocidade, do alto da serra: passou batido na curva fechada e foi lançado no rio. Então, bingo! Temos duas versões convergentes!

O padre afagou a barba escura e bem-aparada, que cultivara com esmero nos últimos dois anos. Dava-lhe um ar mais maduro, contrastando com a pele clara do rosto.

– Então foi suicídio! – Eduardo falou.

– Sim, foi suicídio. Mas também foi homicídio. O filho da mãe resolveu se matar e levar a namorada junto! Tinha que ser na minha jurisdição! – E cá estou eu, mais uma vez às voltas com a família Mendonça e, como se não bastasse, agora também com os Monteiro. Eu mereço!

– Que tristeza para essas duas famílias! E os Mendonça enfrentando essa situação pela segunda vez. Será verdade que filhos de suicidas se matam? Parece que as estatísticas apontam para isso. O que não compreendo é que Eneida, nos últimos anos, parecia satisfeita com os resultados do tratamento do Tiago. E ela é uma mulher muito perspicaz!

– Problemas dessa espécie costumam ser difíceis de identificar e mensurar. Até mesmo para os familiares.

– Isso é verdade. – Eduardo concordou e indagou. – E o corpo, encontraram? Porque, você sabe, essas nossas águas misteriosas são como o mar: levam as pessoas e só as devolvem quando bem entendem!

– Nada de corpo. Desapareceu por completo, deve ter sido arrastado pela correnteza. Ainda estamos na época das cheias, e o Rio das Dores está bem acima do nível normal.

– Ou então...

– Não diga! Não quero nem pensar na segunda opção!

– Tenho que dizer, pois nós dois já vislumbramos, não é? – O rosto de Eduardo aparentava extrema gravidade, mas também uma certa vaidade intelectual, ao concluir: – A hipótese de que a trégua tenha acabado!

Márcio Fonseca deu um longo suspiro, encarou o amigo e respondeu:

— Espero, sinceramente, que você esteja errado. E que esse episódio não signifique nada além de um evento trágico e infeliz.

2

A luz do sol penetrava através dos janelões da cozinha da fazenda, refletindo os vitrais coloridos nos móveis antigos e projetando caleidoscópios nas paredes. Heloísa levantou os olhos do diário de classe para admirar aquele festival policromático, que tingia seus cabelos castanho-claros de tons luminosos de amarelo e vermelho. Encarou a mulher que movimentava, energicamente, a enorme colher no tacho de doce que fervia, aquecido pela chama agressiva do fogão industrial.

— Não sei como agradecer, Suema! Com todo esse serviço da escola e os gêmeos pra cuidar, acho que eu não daria conta!

A outra revirou os olhos.

— Até parece, Heloísa! Mesmo se você não tivesse coisa alguma a fazer, não daria conta desse serviço! Não tem braço pra isso! — explodiu numa gargalhada e prosseguiu. — Mas não pense que vou ficar nesta fazenda bancando a serva, hein? Não me confunda com Dinorá!

Heloísa não se alterou como de costume. Pensou no quanto havia mudado desde o nascimento dos gêmeos. No quanto havia se tornado mais tolerante, apesar do cansaço. Observou a cena, imaginando a velha cozinha como um exótico laboratório de bruxedos, Suema como a rainha dos sortilégios. Sentiu uma pontada de saudade da velha Dinorá. Só por isso, resolveu cutucar a outra.

— Tá de brincadeira, né, Suema? Dinorá mandava mais nesta casa do que qualquer patroa! Mesmo porque as esposas nunca tiveram vez na família Cardoso!

— Isso lá é verdade! — riu novamente e fixou sua atenção no caldeirão de doce que borbulhava.

— Não vá entrar em transe e mergulhar nesse tacho, hein? — Heloísa provocou, minutos depois, e levou um susto ao escutar a resposta. Mais especificamente, ao ouvir aquela voz grave e desaforada.

— Pode ficar tranquila, Heloísa. Tenho experiência de sobra!

Não era a voz de Suema. Helô deu um salto e se afastou, aturdida, na direção da parede. Porque era Dinorá quem falava pela boca da prima!

— Não precisa ter medo, vim em paz! — e gargalhou sonoramente, aquela risada rouca e gutural que a moça conhecia tão bem.

— Porra, Dinorá! O que é que você tá fazendo aqui? — Heloísa perguntou, exaltada, embora tentando manter a calma. — E por que resolveu aparecer logo pra mim? Por que não para o Anderson ou para a Juliana? Tinha que ser pra mim? — ela repetiu, com ênfase.

— Ora, não fale bobagens, Heloísa! Queira ou não, você agora é a matriarca dessa família! E não pense que eu também não preferiria estar no meu eterno e merecido descanso. Mas parece que isso ainda não é para mim, tenho coisas a fazer. Vou te contar, é uma vida de lerê que não acaba! Suema faz bem em não querer agregar! — Piscou para a outra, que mantinha a expressão de pavor estampada no rosto.

— O que você quer, Dinorá? — A voz de Helô tremia ao pronunciar as palavras.

O semblante da mulher ficou pesado, e pela primeira vez ela hesitou antes de responder.

– Está começando de novo. Estejam preparados!

Heloísa não teve tempo de pedir detalhes. Viu a expressão daquele rosto se modificar e escutou novamente a voz de Suema.

– Merda! – praguejou a outra.

– O que foi?

– O doce agarrou! Parece até que cochilei aqui!

3

Já era fim de tarde quando o pequeno grupo definiu o local do acampamento, um platô bem no meio da Cachoeira do Chiado, na parte meridional da floresta que cobria a belíssima região.

Eram três: duas moças e um rapaz, com idades que variavam entre dezoito e vinte anos. Ele, embora não fosse especialmente bonito, era ágil, criativo e sensível, do tipo que garante o ritmo das conversas e dos passeios, além de cativar as amigas com inesperadas gentilezas. Ao lado de Sávio, o tédio se dissipava, e as duas garotas não tardaram a perceber essa rara qualidade, dando início a uma acirrada disputa pelo afeto do colega de faculdade, que, naquela viagem, enfim explicitara sua preferência por uma delas. E enquanto ele se entendia com a delicada Luísa, Tatiana, a mais alta e atraente do grupo, amargava o despeito que já se consolidara como marca registrada de sua incipiente trajetória de vida.

Rejeitaram o *camping*, considerado uma alternativa muito convencional. Diante de tantas opções, foi difícil chegar a um consenso. Então, demoraram para escolher. E escolheram mal.

Jovens demais, acreditaram que a vantagem de estar em grupo os protegeria do perigo. Urbanos em excesso, desconsideraram as ameaças da natureza, inclemente na reação a despreparadas incursões em seus territórios. Humanos em demasia, ignoravam que aquelas matas e aquelas águas constituíam a morada de entidades antigas, criaturas incompreensíveis e imprevisíveis que sussurravam no decorrer das longas e tenebrosas noites.

A madrugada transcorreu sem maiores surpresas, exceto pelos odores azedos, pelos ganidos distantes e pela sensação generalizada de estarem sendo observados, que terminaram por atribuir à inofensiva fauna local.

Pela manhã os temores se dissiparam, e o banho na água gelada da cachoeira despertou de vez o grupo para os prazeres da vida selvagem. Nadaram, brincaram e saltaram das pedras para a piscina verde-musgo que, encravada numa depressão logo abaixo da área do acampamento, seduzia os banhistas à prática de inocentes mergulhos em águas turvas e traiçoeiras.

Na tarde abafada, deitaram os três à sombra das árvores e das encostas íngremes da parte média do vale. Tatiana sangrava inveja diante do recém-formado par, enquanto os trovões espocavam e os relâmpagos cortavam o céu na direção dos cumes encobertos pelas nuvens.

Não tiveram a oportunidade de observar os sinais: a alteração sutil do nível da água, a tonalidade barrenta, a presença de galhos e folhas e o barulho provocado pelo forte deslocamento da massa líquida, confundido com o das trovoadas. Ainda que os percebessem, decerto não associariam ao fenômeno das cabeças-d'água, as cheias repentinas e violentas resultantes das chuvas nas cabeceiras dos rios.

Tudo aconteceu numa questão de segundos. A água subiu de repente, e o casal, que estava mais próximo do rio, foi logo atingido. Tentaram se agarrar às pedras, mas não encontraram suporte. Luísa ainda estendeu o braço num pedido de socorro desesperado para a amiga que, mais forte e melhor posicionada, conseguira segurar-se nos galhos robustos de uma árvore. Mas Tatiana não esboçou qualquer tentativa de ajudá-la. *Que se fodam!*, pensou enquanto observava, impassível, a outra ser arrastada pela corrente. O volume da água continuou aumentando; e ela viu, tarde demais, um tronco de árvore vindo na sua direção, trazido pela força implacável da correnteza. Não teve como desviar porque, se soltasse o galho, seria igualmente arrastada. Tentou resistir ao impacto da madeira, que a atingiu com força no tórax e na cabeça e a fez submergir. Na fração de tempo que se seguiu, ela pôde perceber, em meio ao pânico, o momento exato em que a água suja penetrou seus pulmões.

Já sucumbindo, sentiu, dividida entre o pavor e o alívio, o abraço ominoso... Porque alguém, ou alguma coisa, a envolveu com firmeza e mergulhou com ela na escuridão!

4

Preocupado com os acontecimentos recentes e com a reação contida de Juliana, Anderson tentava extrair da irmã elementos que o ajudassem a compreender os fatos, mas o temperamento escorregadio da menina não facilitava a tarefa. Quando se via pressionada, ela invariavelmente lançava mão de evasivas.

— O que posso dizer, Anderson? Tá, eu era amiga deles. Sei que brigavam muito, tinham gênio forte, os dois; e também foram mal-acostumados pelas respectivas famílias a ter suas vontades sempre atendidas. Especialmente ele, o neto mimado e estragado da Teresa Mendonça! Fora isso, ele era muito galinha, e ela não se conformava. Aí, já viu, né?

— Mas por que eles a trouxeram em casa? Não combinamos que voltaria de táxi ou me ligaria? Eu teria buscado você!

— Os motoristas não atendiam, deviam estar ocupados. A festa era grande e já estava no final, todo mundo saindo ao mesmo tempo. Eu não queria acordar vocês, estão sempre cansados por causa dos gêmeos. Daí, eles me ofereceram carona, e eu aceitei!

— Isso não faz sentido, Juliana! Eles tinham bebido! E nem acho que você deveria estar numa festa da universidade, já que ainda nem concluiu o ensino médio!

— Que bobagem, Anderson. Todo mundo vai!

Ele precisou se conter para não cair na esparrela de reproduzir o chavão "você não é todo mundo", que, por sinal, representava a mais genuína verdade no caso dela. Mas sabia que aquela expressão surrada despertaria a antipatia da irmã, que detestava ser comparada aos amigos "normais". *Que fase difícil!* — Anderson pensou, mas decidiu agir com calma, mesmo porque estava muito satisfeito com as recentes interações sociais da garota, que sempre fora muito solitária.

— E não se esqueça de que o Tiago, até o ano passado, era meu colega no ensino médio! — ela seguia se justificando.

— Não se faça de tonta, Juliana! Tiago ainda estava no colegial porque foi reprovado no primeiro e no segundo ano; ou seja, cursou dois anos em quatro! E no terceiro só passou porque os professores deram um empurrãozinho. Helô me contou que estavam todos ansiosos para se livrar dele!

— Isso lá é verdade!

— E esse papo de que a Alícia tinha ciúme de você?

— Mas que povinho fofoqueiro, hein?

— Não desconversa!

— Ora, de mim e do resto do mundo! O namorado padecia de um mal antigo: só desejava o que não podia ter!

— Mas, afinal, existia alguma coisa entre você e o Tiago Mendonça? Porque já faz um ano que você e o Gustavo terminaram...

— Uma coisa não leva, necessariamente, à outra! — enfatizou a garota. — O Tiago até que era bonito, além de saber ser divertido quando queria. Mas, sei lá, não batia! Tinha aqueles problemas, você sabe... uma prepotência, um deboche exagerado que não me agradava. Não para namorar! Não sei explicar, mas não dava mesmo. Sempre tive uma sensação ruim diante dessa possibilidade. Ou então era simplesmente uma questão de pele, né?

— E o Gustavo, tem alguma chance de vocês reatarem?

— Vamos mesmo falar sobre isso? — Ela revirou os olhos, mas acabou respondendo, talvez por perceber a ansiedade do irmão. — Acho pouco provável! Gosto dele, mas é intenso demais, além de ciumento. A impressão que eu tinha era de que ele, se tivesse a chance, moraria em mim. — Ela se calou por alguns instantes e então concluiu: — Não que isso seja, de todo, ruim! Mas é que eu já tenho coisas de mais morando em mim!

Anderson estranhou aquela fala. Imaginou se a irmã estaria se referindo ao gene alienígena identificado no sangue dela, mas preferiu não comentar e encerrou a conversa. Já estavam ambos constrangidos o suficiente. Da próxima vez, ficaria com as crianças e delegaria à sra. Cardoso a tarefa de arrancar informações da jovem. Ela, sim, tinha o perfil necessário para encarar aquela ingrata missão!

Da janela, o primogênito dos Cardoso olhou com carinho para a esposa, que alternava sua atenção entre os livros didáticos e o casal de filhos, distraídos pelas brincadeiras com a babá na piscina de água natural que mandara construir no jardim. A menina era jovem demais, nem deveria estar trabalhando. A princípio resistira em contratá-la, mas os gêmeos caíram de amores, e a família dela insistiu. Era costume, naquela região carente, os filhos contribuírem muito cedo para a escassa renda familiar. E era, também, uma maneira de ocupá-los, porque, como se dizia por ali, "cabeça vazia, oficina do diabo". Fazer o quê? Helô precisava trabalhar, e dar conta de filhos em dose dupla não era tarefa fácil! Ao menos fizera questão de que a garota não interrompesse os estudos. E assim, munido desses poderosos argumentos, aliviara a consciência, convencendo-se de que não afrontava a ética nem infringia a lei.

Sentiu uma comichão na mão direita, mas em seguida lembrou que já não tinha a mão direita. Ficou intrigado e recordou os estranhos relatos sobre membros fantasma, uma ilusão sensorial comum em amputados.

5

De folga naquela sexta-feira, Diogo aproveitou o tempo livre para cozinhar e se dedicar à faxina do pequeno apartamento que dividia com Felipe nos fundos da casa da família, localizada no coração do distrito. Gostava de olhar pela janela e admirar o elaborado trabalho de jardinagem do sr. Sérgio, que lhe trazia à lembrança o cliente advogado falecido há quase três anos; com a diferença de que seu sogro preferia, às rosas, as pequenas e delicadas flores do campo.

Abriu as três portas do guarda-roupa destinadas a Felipe e ficou estarrecido diante da bagunça. Pensou no quanto o companheiro era desorganizado com seus pertences e imaginou se isso seria um reflexo de sua mente atormentada. Concluiu que não, já que a cunhada também era assim. Mais provável que tivessem sido mal acostumados pela sra. Edna, que fazia questão de puxar para si as tarefas domésticas.

Derrubou, sem querer, um maço de papéis acomodado na parte alta do armário, ao lado das cobertas. As folhas se espalharam pelo chão, e ele se apressou em recolhê-las. Identificou, entre outras, a segunda via do documento para o cadastro de adoção e pensou nas dificuldades que ainda enfrentariam para ter nos braços a tão sonhada criança.

Não haviam estabelecido qualquer exigência quanto às características do adotando: sexo, etnia ou faixa etária. Sabiam que os mais velhos eram os mais rejeitados, então já sentiam um carinho especial por esses. Até combinaram, se fosse o caso, adotar dois ou mais irmãos, cientes da importância de resguardar os vínculos afetivos e parentais preexistentes.

Apesar disso, já tivera que suportar de uma das suas clientes o comentário provocativo de que "criança precisa ter pai e mãe", e fora obrigado a dar uma resposta à altura. *Vou te contar, é melhor ouvir isso do que ser surdo!* – resmungou em seu íntimo. Perguntou à dita senhora em que país ela vivia. Porque, no dele, pai era um artigo de luxo! Todos os lares que teve a sorte de frequentar ou onde teve a bênção de se abrigar por algum tempo eram chefiados por mulheres. Fossem mães, avós ou tias, eram elas, com raras exceções, as responsáveis por garantir o sustento e a educação das crianças, mesmo aos trancos e barrancos, enfrentando toda sorte de dificuldade!

Lembrou-se de um filme antigo cuja história se desenrolava numa conflituosa nação africana. Numa das cenas, o integrante de uma missão de ajuda internacional explicava ao interlocutor que as doações eram entregues exclusivamente às mulheres, porque eram elas que cuidavam da família; os homens só cuidavam da guerra e da bebida.

Diogo, melhor do que ninguém, identificava na supervalorização do modelo familiar tradicional uma tremenda hipocrisia e não se conformava com o emprego desse argumento para refutar a possibilidade de adoção por casais homoafetivos. Sabia que, para uma criança, nada poderia ser mais danoso que crescer na rua ou numa instituição, desprovida de segurança e afeto. E essa segurança, esse afeto, ele e o companheiro estavam mais que aptos e dispostos a oferecer!

Amava seu trabalho. Acreditava que, naquela profissão, tinha a tarefa não apenas de cuidar, mas de tentar compreender as demandas e as lutas dos idosos. Sentia prazer em conversar com eles, quase sempre carentes de companhia num mundo onde, a despeito dos avanços científicos para estender a longevidade, somente a capacidade produtiva era valorizada, em detrimento do conhecimento e da sabedoria acumulados por décadas. Mas também observava que, enquanto alguns desses idosos evoluíam e buscavam se adaptar às ideias e aos valores contemporâneos, outros permaneciam demasiadamente atrelados aos hábitos e conceitos de sua época. Tal comportamento, via de regra, acarretava insatisfação e sofrimento. No caso mencionado, teve que responder à altura e, por óbvio, perdeu a cliente! Mas não se arrependeu.

Escapou desses devaneios quando viu, junto aos documentos, uma série de desenhos de aparência infantil. Não reconheceu o traço do parceiro, aperfeiçoado em dois anos de curso. Seriam psicografados? Exibiam todos, ostensivamente, o sangue em lápis de cera: muito sangue escorrendo pelas ruas estreitas do distrito! Estremeceu. Ouviu o barulho da moto e se apressou em devolver os papéis ao lugar de origem; aguardaria uma boa oportunidade para abordar o assunto.

Correu à janela para cumprimentar Felipe, que já se aproximava da escada com o capacete na mão. Ainda se emocionava ao vê-lo chegar em casa, a casa que era deles! Sorriu intimamente. Desligou o forno e conferiu a mesa do jantar. Esforçara-se bastante, pois a culinária não era seu forte. *Tudo perfeito!*, pensou com orgulho. Andavam trabalhando demais, sem tempo um para o outro. Não permitiria que problema algum estragasse as promessas daquela noite morna, tranquila ao ponto de quase levá-lo a crer nas falsas emanações de paz do ardiloso Remanso.

6

Cidinha tentava, mais uma vez, interpelar o filho, que trazia os olhos transtornados de excitação e fúria. Conhecia bem as reações de quem fizera uso recente de drogas. Professora aposentada da rede pública de ensino, convivera muitas vezes com o problema, mas não imaginara enfrentá-lo no seio da família e com tamanha intensidade!

Mateus fora uma criança inteligente e carinhosa. Na adolescência, contudo, recusara-se a dar continuidade aos estudos, argumentando que eram tediosos e não o levariam a nada. Trocava os dias pelas noites em jogos e conversas *on-line*. Tinha poucas, mas intensas amizades, as quais não agradavam à mãe que, embora evitasse estigmatizar, conhecia a juventude local e sabia identificar as más influências, recusando-se a crer que o filho, havia muito, tornara-se uma delas.

A professora não mediu esforços para persuadi-lo a retomar as aulas e os hábitos saudáveis. Pagou a academia, que ele raras vezes frequentou; inscreveu-o em cursos profissionalizantes, aos quais nunca compareceu; levou-o ao psicólogo em três ocasiões, mas ele se negou a dar continuidade à terapia. Cidinha achou melhor exercitar a paciência, desenvolvida em décadas de magistério. Afinal, Mateus sempre dera mostras de possuir uma boa índole, e, na sua convicção, a essência de um indivíduo não se modificava com tamanha facilidade. Convenceu-se de que era apenas uma fase ruim, que ele logo superaria.

Ultrapassou a adolescência com parcas alterações no comportamento, embora as cobranças da mãe aumentassem exponencialmente. Não aceitaria mais desculpas: o filho teria que voltar a estudar ou iniciar a vida laboral. O jovem ironizava que jamais se submeteria a trabalhar em troca de salário-mínimo; isso não era para ele, não nascera para ser explorado! E de nada valiam os argumentos no sentido de que, para ser melhor remunerado, precisava se qualificar. Padecia de um imediatismo ilógico: ansiava por muito, mas se mostrava pouco disposto a contribuir com sua cota de sacrifício. Acreditava-se detentor de enorme capacidade e inteligência, razão pela qual sua chance não tardaria a surgir. Mas chegou à idade adulta sem que a sorte lhe sorrisse nem a oportunidade lhe batesse à porta. Então se convenceu de que o mundo lhe devia, o que aprofundou seu ressentimento.

Com o apoio financeiro da mãe, montou pequenos negócios, que não sobreviveram mais que seis meses porque lhe faltava persistência, responsabilidade e capacidade de gestão. Todo dinheiro que entrava era dilapidado; e, na hora de arcar com as despesas e repor os estoques, Cidinha precisava correr para socorrê-lo. Suas iniciativas empresariais redundavam, invariavelmente, no aprofundamento das dívidas da professora.

Desgostoso e desacreditado, chegou a praticar pequenos ilícitos, mas, desprovido da ousadia necessária para voos mais altos, não tardou a direcionar seus impulsos contra a própria família. Foi quando Cidinha começou a dar falta de objetos da casa: primeiro as joias que herdara da mãe, depois o equipamento de som, eletrodomésticos, até louças e talheres; qualquer coisa que pudesse ser convolada em alguma ninharia.

Questionado, negava com veemência. Aquilo devia ser coisa da faxineira ou então alguém estava entrando na casa para furtar, porque a mãe não perdia o velho costume de deixar a porta aberta. Nessas ocasiões, era tão convincente, que a certeza de Cidinha oscilava em cálidas dúvidas amorosas. Mas o tempo passou, e ela se surpreendeu tentando, em vão, controlar o dinheiro que insistia em evaporar da carteira – ou as folhas misteriosamente destacadas do talão de cheques que, conservadora, perseverava em utilizar como meio de pagamento.

Quando, por fim, viu desaparecer seu aparelho auditivo, achou que já era demais! Naquela noite chuvosa, colocou o filho contra a parede, exigindo que se retirasse da casa. Não tinha qualquer compromisso com um homem daquela idade, que ele seguisse a vida longe dali!

A reação de Mateus foi a pior possível. Berrou que a casa pertencia a ele, era o verdadeiro proprietário. A mãe só tinha o usufruto; e isso não significava nada, já estava até providenciando a venda! Com o dinheiro, montaria o negócio da sua vida, porque ela só fazia boicotar suas iniciativas. Que fosse morar num asilo, era uma velha louca e não tinha o direito de lhe dar ordens!

Arrancou a bolsa de Cidinha, tirando as poucas notas e o cartão. A mãe o enfrentou e ele a empurrou com violência, derrubando-a no chão. E então saiu da casa enfurecido, o diabo na cabeça, remoendo, remoendo... carunchos ordinários traçando trilhas imprecisas onde antes habitavam esperanças e ideias e vontades.

7

A detetive Jussara, uma mulher robusta de meia-idade, guiava o veículo oficial pelo caminho que levava à propriedade dos Mendonça, enquanto o delegado seguia imerso em pensamentos no banco do carona.

Márcio Fonseca ficava feliz quando tinha alguém para dirigir. Um pouco pelo cansaço da estrada, mas principalmente porque gostava de relaxar e apreciar a paisagem. E Jussara pilotava muito bem, superando qualquer outro policial da área. Estava convicto disso, porque testara todos eles! Com ela, podia relaxar e até tirar uns cochilos sem maiores preocupações.

Observou aquele perfil alegre, emoldurado pelos cabelos tingidos de ruivo. Concluiu ter feito uma ótima escolha ao designá-la sua assistente: era sagaz, tinha trânsito na comunidade e, o mais importante, conhecia a história do distrito! Isso era crucial, já que todas as mazelas daquele lugar estavam vinculadas aos acontecimentos e fantasmas do passado. Além disso, ele lidava melhor com os servidores maduros, menos vaidosos e carreiristas, a despeito da ciumeira que essa preferência despertava nos mais novos. Afinal, a vida estava difícil, e o serviço público, ainda que mal-remunerado, era uma opção vantajosa diante da crescente precarização do mercado de trabalho. Seu colega Aldair, vítima do embate na caverna há quase três anos, com certeza aplaudiria a indicação de Jussara para o posto. E agora era assim: sempre que tomava uma decisão, avaliava se teria ou não a aprovação do amigo falecido! Tornara-se um idiota sentimental? Até isso aquele maldito vilarejo fizera com ele? Francamente! – riu de si mesmo.

– Você conheceu o pai do Tiago Mendonça? – Márcio já iniciava a investigação, interpelando a motorista para tirar proveito de sua notória intimidade com praticamente toda a comunidade!

– Claro que sim! O dr. Luís Carlos era médico na cidade e no distrito. Todos o conheciam!

– Deve ter sido um choque essa história do suicídio...

– Com certeza! Ninguém jamais tinha ouvido falar que ele sofria de depressão ou coisa parecida. Mas, pra ser sincera, sempre achei que ele tinha um semblante meio desanimado, meio pra baixo, sabe? O que não quer dizer grande coisa, porque tem gente que é assim mesmo e nunca nem pensou em se matar!

– Dá para explicar melhor?

– Olha só, ele não era daqui. Conheceu a Eneida na exposição agropecuária do município, que na época era um evento importante, atraía gente de todo lado. Começaram a namorar, ele se formou, casou-se com ela e então veio pra cá. Nunca mais saiu!

– Qual era a especialidade dele?

— Era cardiologista, mas também atuava como clínico geral. Lugar pequeno é assim, tem que ser pau para toda obra. Parecia que os dois se davam bem, mas... quer saber a minha opinião?

— Por favor! — *Cheirinho bom de informação fresca!*, pensou Márcio.

— Acho que ele vivia meio sufocado! Aquela é uma família de mulheres. São elas que mandam e ninguém mais. Falavam que ele tinha sido um ótimo aluno, que se destacou na universidade, queria ser pesquisador. Deve ter sonhado com outra vida na capital, congressos no exterior, sucesso profissional. O *glamour* da Medicina, sabe? — Ela se calou por alguns instantes, como se sua mente tivesse voltado no tempo. — Mas as pessoas se desviam da rota, não é? Ficou preso neste fim de mundo por amor a ela. Acho que, no fundo, ficou frustrado! Mas não acredito que essa frustração seria suficiente para levá-lo a dar cabo da própria vida. Na época, surgiram especulações sobre algum segredo na família, alguma sujeira que ele acabou descobrindo. Mas são só rumores, sem qualquer detalhe ou comprovação.

Adentraram os domínios dos Mendonça. Ou seria melhor chamar de feudo? Aquilo mais parecia uma cidade! Decerto teriam autossuficiência para sobreviver, isolados do mundo, por no mínimo seis meses.

Enquanto percorriam o caminho em marcha lenta, Márcio recordou a conversa que tivera com a viúva durante o episódio do incêndio na fazenda e se viu obrigado a reconhecer que, de fato, a propriedade parecia muito bem-cuidada. Não era difícil, mesmo para um leigo, perceber os pesados investimentos e os esforços demandados para torná-la bela e promissora. Quem a gerenciava sabia muito bem o que fazia e tinha inegável talento para o agronegócio. Mas a Fazenda Cardoso era outra coisa, uma joia bruta e extremamente preciosa. Nascera para brilhar, com seus córregos e lagos e remansos murmurantes.

Foram recebidos na sede por Maria Luísa, primogênita de Eneida, uma moça de corpo exuberante e rosto severo. Acomodaram-se no amplo escritório de aparência pesada e cheiro forte de madeira, cujo acesso se dava por duas grandes portas de correr. Márcio observou as imensas fileiras de livros nas estantes, imaginando se haveria alguém na casa com aptidão para devorá-los ou se não passariam de adereços. Leitor assíduo, sentiu uma pontinha de inveja daquele acervo.

Decorridos quinze minutos, durante os quais sorveram o café torrado e moído na fazenda, e Márcio se esforçou para identificar alguns dos títulos da impressionante biblioteca, Eneida Mendonça entrou no escritório.

Seu rosto branco, com rugas esparsas, contrastava com os cabelos tingidos de preto, mas não desarmonizava. Trajava um vestido azul-marinho de corte reto e estava muito abatida, como era de esperar. Nem parecia a mulher altiva que trocara com ele olhares e farpas poucos anos atrás! Teria que agir com tato, pois não era de seu feitio constranger pessoas ou revolver feridas; não extraía o menor prazer disso, ao contrário de outros profissionais do ramo. Sabia, contudo, que o transcurso excessivo de tempo levava os envolvidos a tentarem omitir ou editar os fatos. Precisava arrancar o máximo de informação possível naquele momento em que os acontecimentos ainda ardiam, ou flamavam, por assim dizer. Esse era um dos segredos da boa investigação policial!

— Antes de qualquer coisa, gostaria de prestar sentimentos à família, em meu nome e de toda a equipe. — *Cruzes, isso já está virando um lugar-comum!*, pensou. Ela se limitou a mover a cabeça em agradecimento. — Sei que é uma hora difícil, mas tenho que fazer algumas perguntas. Não posso me esquivar disso! — ele continuou.

— Eu compreendo. Estou à disposição. — A voz saiu fraca, como se ela se mantivesse de pé à custa de calmantes.

— Em primeiro lugar, gostaria que me falasse um pouco a respeito do seu filho.

Nesse exato instante, a mãe de Eneida, uma mulher imponente, adentrou o recinto. Trazia os cabelos grisalhos presos num coque elegante e vestia camisa de seda branca e calça de alfaiataria bege. O delegado soubera, por meio do padre, que ela já se aproximava da casa dos oitenta. Imaginou, num átimo, se ela esconderia no sótão uma pintura antiga, retratando sua própria imagem envelhecida e degradada. Estava conservada demais! Teria se dedicado à leitura do livro amarelo proibido? Sacudiu a cabeça e dispersou aquelas tresloucadas elucubrações literárias, tornando a se concentrar na conversa e na nova interlocutora.

— Meu neto não tinha problema nenhum, era um ótimo garoto! Essas histórias não passam de invencionices desse povo do distrito, que não tem o que fazer! — Teresa Mendonça afirmou com veemência.

O delegado se levantou para cumprimentá-la, enquanto Eneida revirava os olhos cansados.

— Não se intrometa, mamãe! Vai chegar a sua vez de falar. Tenho certeza de que o delegado não tem interesse em colher dois depoimentos ao mesmo tempo! — Olhou para Márcio, que concordou com a cabeça, meio sem jeito, enquanto a mulher bufava e dava meia-volta, retirando-se do escritório a contragosto.

— Minha mãe sempre teve, na ponta da língua, uma desculpa para o Tiago. Nunca aceitou o fato de que ele era complicado. Talvez porque o tenha criado, muito mais do que a mim. Então ela não quer enfrentar a realidade, acho que para não se sentir culpada. Mas não a responsabilizo! O erro foi meu, ao escolher o caminho mais fácil e deixar meu filho por conta dela, sendo educado com base nos valores ultrapassados da geração dos meus pais e avós — Eneida falou, em tom meio confessional.

— A senhora também foi educada com esse valores...

— Sim, mas a minha geração precisou se adequar aos novos tempos, ainda que a duras penas. Ou, pelo menos, foi obrigada a mudar o discurso. Então, se eu tivesse assumido a educação do meu filho, as coisas teriam sido diferentes! Mas estava sempre envolvida com as questões da fazenda, sempre nervosa e sem paciência para a família. E aonde foi que isso me levou? — ela suspirou. — Sei que agora é tarde, mas não consigo parar de pensar no meu papel nessa história! Às vezes, não é o que fazemos, mas o que deixamos de fazer que determina o destino. A mão que balança o berço, sabe?

— Não se martirize! Cada um faz o que pode, e certas coisas não temos como prever.

— Talvez não. Mas veja: na vida, você não tem culpa por ter sido criado, até mesmo adestrado, com conceitos equivocados sobre o funcionamento do mundo. Até porque são aqueles aceitos numa determinada época, e lugar, e classe. Mas você se torna culpado quando não é capaz de perceber as transformações, quando insiste em permanecer preso a uma mentalidade ultrapassada, insiste em educar seus descendentes nos mesmos moldes. É uma questão meio darwiniana de adaptação e sobrevivência, só que nas esferas familiar e social!

Márcio Fonseca estava visivelmente surpreso com a franqueza daquele desabafo e com o discurso muito bem-articulado da viúva Mendonça. Pensou que, afinal, a admirável coleção de livros não se destinava apenas a embelezar o escritório! E ela prosseguiu.

— Acho que não existe nada mais desconhecido que a mente de outra pessoa, ainda que se trate do seu próprio filho! A verdade é que lidar com o Tiago nunca foi tarefa fácil. Desde pequeno, ele era dado ao confronto, sempre desafiando a autoridade, sempre afrontando os mais velhos. Ainda era pouco mais que um bebê e já escolhia as próprias roupas, impunha seus canais favoritos na tevê, determinava onde queria ir ou ficar, exigia a presença desta ou daquela pessoa e constrangia as que não lhe interessavam. Se eu for enumerar, vamos ficar aqui a tarde inteira. Conhece o ditado: "é de menino que se torce o pepino"? Pois é, ele precisava ter sido enquadrado muito cedo. Mas não foi. Nem por mim, nem pelo pai e muito menos pela avó, que, embora fingisse repreendê-lo em público, no fundo se divertia com o que considerava meras travessuras de seu neto preferido. E as atitudes inaceitáveis do Tiago foram incentivadas, a pretexto de que teria uma personalidade forte e seria um vencedor nato! Então, na adolescência, as coisas desandaram de vez...

– Desandaram como?

– Não podia ser contrariado que se descontrolava, até pelas mínimas coisas. Estava sempre metido em confusão: brigas, episódios de abuso e agressão. Passou a ir mal na escola e a exagerar na bebida. Só fazia o que queria, não escutava ninguém. E já não tinha o pai para, ao menos, tentar impor freios a esses comportamentos. A avó passando a mão na cabeça, colocando panos quentes, corrompendo vítimas e autoridades para burlar processos; eu, cada vez mais sobrecarregada com a administração da fazenda. Sabe quando a comunicação se perde? A gente se engana, pensando que é normal, que vai passar e que eles vão amadurecer naturalmente – riu com amargor. – A negação é mesmo o remédio dos tolos! Porque não é o que acontece, e o resultado todos conhecemos: distúrbios psiquiátricos, alcoolismo, morte...

Ela enfim se calou, e o delegado também sentiu a necessidade de guardar silêncio por alguns minutos. Mas precisava continuar.

– Sei que é pedir muito, mas poderia me falar sobre a morte do seu marido e sobre como o seu filho reagiu?

— Isso foi há muito tempo, Tiago tinha dez anos. E sei bem por que está me fazendo essa pergunta. É por causa desses rumores de que foi suicídio, não é?

Maldito povo linguarudo!, praguejou o delegado em seu íntimo. *Vou apurar quem foi o infeliz que deu com a língua nos dentes!* A assistente Jussara, que permanecia calada, mas tudo percebia, olhou para o chefe como quem adivinhava seus pensamentos iracundos.

— Ainda estamos investigando, mas temos que levar em conta todas as possibilidades! – argumentou Márcio. Eduardo já o havia preparado para enfrentar essa resistência, comum nas famílias de jovens suicidas. O sentimento de fracasso, o fardo da desatenção, a responsabilidade por uma suposta negligência; a dor insuportável da perda e o peso horrendo da culpa, tudo eternizado no coração dos familiares. Uma mácula que jamais se dissipa do ambiente que, até então, pretendera-se um lar!

— Meu filho não se matou, delegado! Isso, não! Ele tinha problemas, mas não era um suicida. Não faria isso, muito menos com a Alícia no carro! Não coloque mais esse estigma sobre ele e a nossa família! – disse isso e se levantou abruptamente, encerrando a conversa e deixando aturdidos delegado e assistente.

8

Na pequena e acolhedora igreja, as duas mulheres aguardavam o padre que acabava de entrar, esgotado pelos incessantes atendimentos do distrito. Teresa Mendonça logo se levantou e foi ao encontro dele, enquanto a outra esperou sentada no banco.

Eduardo, que não andava em seus melhores dias, imediatamente perguntou qual das duas havia chegado primeiro, ao que a matriarca Mendonça respondeu que fora ela. O padre olhou para a outra senhora, que concordou com um gesto de cabeça, e só então encaminhou Teresa para uma área reservada.

— É verdade o que estão dizendo? — a mulher disparou antes mesmo de se acomodar.

— Ainda não adquiri o dom da adivinhação! Mas, a continuar nesse ritmo alucinante, creio que muito em breve farei jus a essa graça! — o padre ironizou.

— Sabe bem do que estou falando! Essa conversa de que a polícia já concluiu que foi suicídio!

— Dona Teresa, eu sou padre, não policial. — Mostrou a batina, que vinha envergando ultimamente, em virtude da peculiaridade dos atendimentos.

Ela o fulminou com o olhar antes de continuar.

— Ora, padre! Todos sabem que o senhor se tornou o melhor amigo do delegado, e que ele não lhe esconde nada!

— E a senhora acha que, mesmo se eu soubesse de algo, iria trair a confiança de um amigo? Sabe que a investigação está sob sigilo!

— Pois bem, que seja. Minha preocupação é quanto ao sepultamento!

— Não entendi.

— O senhor sabe, padre. Meu temor é que meu neto não possa receber os sacramentos nem ser enterrado em solo sagrado!

Ele olhou perplexo para a mulher.

— Como assim, dona Teresa? Não estamos mais na Idade Média! — Eduardo rebateu, mas lamentou, em seu íntimo, que a Igreja só tivesse reformulado sua posição em relação ao suicídio no século XX, quando, com respaldo na psicologia pastoral e na psiquiatria, passou a encarar com compreensão e misericórdia os praticantes desse ato extremo. – Por acaso a Igreja negou os sacramentos ao seu genro? – indagou, mas não esperou a resposta. – Isso equivaleria a um julgamento antecipado, e só a Deus cabe julgar! À Igreja cumpre orar pela salvação da alma daqueles que atentam contra a própria vida.

– Meu genro não se matou, foi um acidente! Ele errou a dose do medicamento!

O padre olhou pasmo para ela. *Um médico experiente errar a dose do medicamento, essa é boa!*, pensou, mas preferiu calar-se e acalmá-la; afinal, tratava-se de uma avó que acabara de perder o neto. Ainda que essa avó fosse a temida e controvertida Teresa Mendonça!

– Não se preocupe. Assim que o corpo for encontrado, todos os sacramentos serão ministrados. A missa será celebrada, e ele poderá descansar no túmulo de seus antepassados. Vai ficar tudo bem, estou aqui para o que a senhora precisar. *Se ele for encontrado! Deus permita!*, pensou e fez o sinal da cruz.

Mais conformada, Teresa Mendonça se retirou, e ele chamou a senhorinha que aguardava. *Outra mãe aflita!*, imaginou. Sabia que essa professora vinha pelejando havia anos com o filho, que era usuário de drogas e apresentava distúrbios de comportamento.

– Entre, dona Cidinha. O que a traz aqui?

– Mateus não voltou pra casa, e já faz três dias!

– Bom, isso não é exatamente uma novidade!

– Desta vez é diferente, padre. Eu o expulsei, e ele saiu batendo a porta e gritando que não aguentava mais "essa vida de merda". E o que mais me preocupa é que ele seguiu na direção da floresta!

– Falou com a polícia?

– Ainda não, preferi procurar o senhor primeiro. Sabe como é a fama do meu filho, eles não vão me levar a sério! Mas o senhor conhece o Mateus desde menino, padre. No fundo, ele é um bom garoto!

Sim, ele era um bom garoto, pensou Eduardo, *antes da degeneração moral que sempre acompanha o vício!* O padre até tinha conhecidos, de sua geração e das anteriores, que haviam feito, ou ainda faziam, uso recreativo de entorpecentes sem maiores consequências. Mas também testemunhara pessoas inteligentes e capazes se desvirtuarem num curto espaço de tempo. Para ele, era um enigma a maneira como as drogas, mesmo as consideradas leves, lícitas ou ilícitas, agiam sobre determinados indivíduos, desviando-os totalmente do prumo! E não havia como prever essas reações. Por isso o consumo, mesmo a título de experiência, era sempre um risco!

Mas não estava ali para julgar nem para aprofundar a angústia daquela senhora batalhadora e querida pela comunidade. O sumiço do Mateus poderia ser apenas uma coincidência no meio dos inúmeros eventos estranhos que andavam acometendo a juventude de Remanso. Ou não.

Em circunstâncias normais, Eduardo talvez a aconselhasse a aguardar, mas a cicatriz no ombro latejou, e ele sentiu um vento gelado e agourento atravessar o edifício vazio. Olhou em volta e constatou que havia apenas uma porta semiaberta. Reconheceu o presságio e se dirigiu à mulher.

— Vamos para a delegacia. Eu acompanho a senhora.

9

Irerê e Maxím. Foi assim que a titia Juliana apelidou os gêmeos, a fim de, segundo ela, amenizar o mau agouro decorrente da escolha dos nomes de familiares fulminados por mortes violentas. E os apelidos pegaram, para desespero de Heloísa e a despeito de seu repúdio às alcunhas. De nada adiantaram os argumentos no sentido de que o primeiro era nome de marreco!

Cercados por Diogo, os gêmeos corriam incansavelmente na bem-cuidada área de lazer, enquanto os avós preparavam o almoço de domingo e gritavam palavras de ordem através do janelão da cozinha. O cardápio, destinado a agradar as crianças, consistia em arroz, feijão tropeiro, vinagrete e, é claro, muita batata frita! Felipe e Heloísa controlavam as carnes, as linguiças e as coxinhas de asa na churrasqueira, bebericando a deliciosa cerveja artesanal que era o orgulho do vô Sérgio.

– Benza-o Deus! Santo cunhado! Só ele mesmo para dar conta, sozinho, dessas duas ferinhas! – Heloísa exclamou.

Felipe sorriu, admirando a paciência do companheiro, que se divertia com as crianças tentando montar a cavalo no seu dorso. Observou os sobrinhos: ele forte com os cabelos claros, ela esbelta com cabelos castanhos. Eram diferentes entre si, e, ao menos por ora, seus traços não remetiam a ninguém em especial. Pareciam uma mistura indefinida de todos os membros da família. Quanto ao temperamento, a menina, com sua personalidade avassaladora, estava sempre na liderança, assim como fora na sua infância com Helô. O que não chegava a surpreender, porque, na relação entre gêmeos, há sempre um elemento dominante.

– Como anda a sua vida de comercial de margarina? – Felipe provocou e deixou escapar uma risada, passando o olho pelos cabelos desgrenhados da irmã, pelo bermudão disforme e os agora insubstituíveis chinelos de dedo. – E olhe que nem estou perguntando da vida sexual! – acrescentou e gargalhou mais uma vez.

– Pode rir! Quero ver se vai continuar andando nessa linha quando tiver os seus! – Ela encarou a camiseta verde assentada e a bermuda cáqui, combinando com as sandálias de couro do irmão. – A verdade é que ninguém alerta você sobre o que vai enfrentar com um filho, que dirá com dois! Quem será que inventou essa coisa de gêmeos? Meu Deus! Quando me olho no espelho, tenho a impressão de que estou vendo um zumbi! Perdi seis quilos, e as olheiras se instalaram definitivamente na minha cara! Esses dois não dormem durante o dia e, à noite, só lá pelas tantas! Nas raras ocasiões em que apagam mais cedo, sempre chega a hora em que um acorda o outro para vararem juntos a madrugada! Nem sei explicar direito, mas às vezes sou invadida pela sensação de ter deixado de existir para que eles existam. E me sinto frustrada na expectativa de que seria uma ótima mãe quando, na realidade, estou o tempo todo cansada e sem paciência.

Vó Elza, que escutava a conversa da cozinha, interveio:

– Fique tranquila, daqui a pouco isso muda. Com três anos eles ficam um pouco mais independentes. Com cinco, então, nem se fala! Se os levar para uma praça com balanços e brinquedos, só virão até você para comer e beber. Daí pra frente, só melhora; isso de que piora com a idade é papo furado! Crianças pequenas são lindas, mas dão um trabalho danado!

– Deus te ouça! – disse Heloísa. – E permita que eu sobreviva até lá!

– Pelo menos a sua religiosidade se acentuou bastante! – Diogo intercedeu em tom de chacota. Heloísa respondeu com um muxoxo e prosseguiu com as queixas.

– Minhas amigas que têm filhos pequenos, mas trabalham em setores burocráticos, alegam que descansam no serviço. Que passaram a considerar o escritório um local de paz e calmaria. Mas e eu, que preciso me equilibrar numa sala de aula com quarenta adolescentes ensandecidos?

– Quando não trabalha, carrega pedra! – Diogo gargalhou, até ter o rosto atingido em cheio por Maxím, que se jogou com força sobre ele. Rolou no chão, gemendo de dor.

– É isso aí, defenda a mamãe! – foi a vez de Helô dar boas risadas. – Você não tem ideia de como uma cabeçada de bebê pode deixar seu olho roxo! Aconteceu comigo mais de uma vez. Daqui a pouco vão falar que estou apanhando do marido. Logo eu!

Aproveitando o momento em que os avós se juntaram à brincadeira, Felipe e Heloísa acomodaram-se nas cadeiras almofadadas da pequena varanda do apartamento térreo, nos fundos da área de lazer. Naquele espaço um pouco afastado, tiveram a chance de conversar com alguma privacidade.

– Anderson ficou na fazenda? – Felipe perguntou.

– Sim, aproveitou a folga para passar o domingo com a Ju. Achei uma ótima ideia, porque ele não tem muito tempo para ela desde que os gêmeos nasceram! – Heloísa respondeu.

– Fez muito bem. Ela deve estar abalada com a história do acidente!

– Aí é que está, muito pelo contrário! O Anderson acha que ela reagiu com frieza demais. Ele acredita que isso não é normal, que ela está sufocando os sentimentos. Sem falar que adquiriu o mesmo estranho hábito da mãe, de passear sozinha pela fazenda à noite, o que tem nos preocupado bastante!

– O Anderson precisa parar de esperar da irmã reações normais! – Felipe enfatizou a expressão. – Afinal de contas, é a Juliana! Já sabemos que parte dela não é deste mundo!

– Dá um desconto, Felipe! Ele é o irmão e também é meio pai da Ju. O olhar dele é diferente do nosso.

– É, acho que você tem razão.

– Além do mais, não é você que vive se esforçando para levar uma vida normal? Como se isso fosse mesmo possível!

– Ah, tá! Agora você vai comparar as nossas anormalidades! Um reles sensitivo e uma criatura extragaláctica! – Os dois riram.

– Você não é um reles sensitivo! É um médium poderoso e o meu gêmeo favorito! Agora, falando sério, escutou as conversas de que o Tiago jogou o carro no despenhadeiro? Fiquei estarrecida. Não que eu seja cética! Já tive prova suficiente de que, ao menos para algumas pessoas, existe algo além desta vida; e não é exatamente o paraíso. É tipo ser escravizado por monstros interdimensionais por toda a eternidade! Mas você sabe que não sou adepta do ideário cristão de vida após a morte nem das teorias reencarnacionistas. Então, sempre me pergunto o que poderia levar uma pessoa ao extremo de abrir mão, por iniciativa própria, da sua única oportunidade neste mundo. Sua exclusiva e definitiva chance de se exercer como indivíduo. Ainda mais um garoto jovem, bonito, rico, com um futuro inteiro pela frente! E o pior: levou junto a namorada.

– Beleza física e dinheiro não são garantias de satisfação. As estatísticas demonstram que existe maior risco de suicídio em condições econômicas extremas.

– Como assim?

– Entre os muito pobres e os muito ricos – Felipe esclareceu. – E não podemos esquecer o episódio anterior de suicídio na família, que representa mais um fator de risco. Adicione os transtornos mentais, a personalidade com fortes traços de impulsividade e agressividade, e bingo: temos o quadro perfeito! E vamos torcer para que seja apenas isso...

– Apenas isso? Acha pouco?

– O que quero dizer é que torço para que essa tragédia seja somente o resultado dos conflitos interiores do jovem Tiago Mendonça.

– E o que mais poderia ser?

— Não sei, me diga você. Tem algo para me contar?
— Cruzes! Não dá mesmo para esconder nada de você! — Heloísa reagiu, mas acabou respondendo. — Dinorá se manifestou para mim.

A expressão do irmão não revelou surpresa quando perguntou:
— Quem foi o vaso?
— O quê? — ela indagou, demonstrando espanto, e ele revirou os olhos.
— O receptor, Helô! Ela falou através de quem?
— Ah, entendi! Ora, através da Suema! Quem mais poderia ser?
— Verdade! Quem mais? Tinha que ser a prima e discípula. A substituta perfeita, quase um *alter ego*! O que ela disse?
— Além dos desaforos de costume? — Heloísa riu, mas ficou séria ao responder. — Disse que estava começando de novo, e que nos preparássemos!
— Imaginei. Dinorá não iria perder a ocasião, nunca fugiu de uma boa luta! E acredito que, mesmo se quisesse, não poderia. Afinal, o coração dela ficou lá!
— E o que isso tem a ver?
— Talvez nada, mas andei pensando sobre o significado dos corpos preservados na caverna, mortos ou em estado de quase morte. Foi assim com as meninas, cujas aparições fantasmagóricas só cessaram quando elas foram encontradas. Até o próprio Naldo estava lá, ele mesmo prisioneiro do mal que atraiu. Então, acho que o espírito da nossa guerreira também pode ter ficado aprisionado, embora de uma maneira diferente.

A irmã o encarou preocupada e então pontuou, como quem tem um estalo:
— A mão do Anderson também desapareceu na caverna!

Foram interrompidos pela aproximação de Diogo, que escutou parte da conversa, aproveitando o breve momento de folga enquanto os avós alimentavam os netos.

– O Felipe também tem algo a dizer, não é? Contou para ela? – dirigiu-se ao companheiro, que o encarou sem manifestar espanto, como se já soubesse do que se tratava.

– Ainda não. São muitos os assuntos!

– O quê? Pode ir dando com a língua nos dentes! – Heloísa exigiu.

– Quando eu disse que não tive visões durante todo esse tempo, não era inteiramente verdade...

– Por que será que isso não me surpreende? – ironizou a irmã.

– Isabela vem fazendo contato comigo. Contato telepático, é claro, já que ela não saiu do coma desde que foi resgatada da caverna. Não tenho dúvida de que o cérebro dela, de alguma forma, está ativo. Por isso fui radicalmente contra a ideia de desligarem os aparelhos! – ele se calou, e Heloísa pressionou.

– Ela revelou alguma coisa?

– Pode pegar os desenhos, Diogo! Sei que você os encontrou e devolveu ao armário.

– Nossa! Você viu isso também? – o outro indagou, surpreso.

– Não, apenas conheço a minha própria bagunça. Sei perfeitamente quando mexem nas minhas coisas!

10

Mateus acordou atordoado na mata escura e luxuriante, sem saber há quanto tempo estaria vagando por ali. Praguejou contra si mesmo e contra as drogas que consumira, lamentando a própria imbecilidade, que o arremessara para aquela situação grotesca.

Estranhou o silêncio absoluto: nenhum zumbido de inseto, nenhum farfalhar de arbusto. Sentiu um calafrio percorrer seu corpo. Ao contrário do pai, adepto da caça ilegal, nunca fora um homem corajoso. Na infância, como toda criança medrosa, adorava escutar histórias de fantasmas, para depois se enfiar no quarto dos pais em busca de proteção. Desde aquele tempo era frouxo e desde aquele tempo sabia que a noite aos mortos pertence, em especial naquela floresta!

Sentiu-se estranho e não conseguiu se localizar, embora conhecesse bem a região. Caminhou durante um período incerto de tempo, mas não chegou a lugar algum. Teria, involuntariamente, atravessado um portal que o transportara para outra realidade, para um lugar de trevas e sombras onde estaria condenado a vagar em desespero e solidão?

Pensou na mãe, que o criara com tanto sacrifício após a morte do pai caminhoneiro num trágico episódio de latrocínio. Pensou nas próprias atitudes e sentiu vergonha. Como chegara àquele ponto? Estaria sendo punido por algum poder sobrenatural irascível e obscuro? Por isso estaria ali, perdido num vazio imenso submetido a forças primitivas que não podiam ser descritas pela linguagem dos homens? Suou frio e aspirou o odor da terra úmida, misturado a um azedume insuportável de flores que impregnava o ambiente.

Seguiu caminhando até constatar que andava em círculos, retornando sempre ao ponto onde despertara, e onde as copas das gigantescas árvores se entrelaçavam reproduzindo a forma de uma caverna. Galhos retorcidos e fantasmagóricos movimentavam-se de forma ritmada, embora não houvesse vento, projetando no solo imagens sinistras de animais e monstros. Ou seria apenas a sua imaginação, descontrolada pelo pavor?

Uma sensação de febre o dominou. Ficou tonto, cambaleou e caiu sentado no chão. Percebeu-se exposto e elucubrou se já não teria morrido. Até torceu por isso, em sua crença ingênua na morte como evento definitivo, como passaporte garantido de imunidade contra o sofrimento e contra o mal. Ignorava que a ceifadora também pode representar o reinício, um horripilante ponto de partida para uma trajetória inesgotável de castigos e tormentos!

A vegetação se agitou e ondulou com leveza. A bruma, suave e traiçoeira, o envolveu. Sentiu na nuca uma lufada gélida, seguida do toque inumano de dedos longos e etéreos em seu ombro esquerdo. Virou a cabeça para trás vagarosamente, pressentindo, antes mesmo que seus olhos contemplassem a tenebrosa e magnífica aparição, que aquele encontro selaria o seu destino!

11

Assim que Eduardo e Cidinha saíram, Márcio Fonseca se estirou na poltrona, permitindo-se divagar sobre a situação daquela mãe. Sentiu pena da professora que, chegada a hora de descansar e usufruir a esperada aposentadoria, via-se obrigada a investir o restante de suas forças na defesa e proteção do filho descabeçado.

Não se sentia no direito de julgá-la pelo resultado da educação que proporcionara ao rapaz, não era sua função. Ademais, tinha consciência não só do quanto os pais erram enquanto buscam acertar, como também da enorme variedade de fatores que influenciam na formação – e deformação – de uma jovem personalidade. Acreditava que uma criação pautada em limites bem-definidos, nem muito rígida nem excessivamente liberal, poderia funcionar como uma forte barreira contra as influências externas. Mas não eram poucos os pais que se equivocavam ao tentar delinear os tais conceitos do que é certo ou errado! Não tinha filhos, por isso talvez fosse fácil especular. Mas se considerava um observador atento da família e dos amigos; e de uma coisa tinha certeza: era necessário tomar cuidado com os discursos, para não transmitir dubiedade aos pequenos! Nem tudo o que o adulto pensa pode ser exposto na frente da criança, porque ela não alcança, não tem maturidade para processar. Essa capacidade só se desenvolve na adolescência, quando então já é possível relativizar.

Recordou sua época nas cidades de médio porte. Detestava atuar no combate ao tráfico, e essa fora uma das razões do seu pedido de transferência para o interior do estado. Apreciava resultados concretos nas investigações, o que se mostrava possível nos crimes contra a vida e contra o patrimônio; mas não nos delitos de entorpecentes, onde o usuário se afina com o fornecedor, e onde há sempre um traficante na fila para ocupar o lugar do outro, num interminável exército de reserva integrado por jovens predispostos a uma existência intensa e curta. Uma sangria sem fim, que o frustrava e entristecia. Ah, se soubesse onde viria parar e o que o aguardava, teria pensado duas vezes! Tratou de dispersar esses pensamentos aleatórios e fincar os pés no chão, embora essa expressão não fosse exatamente a mais adequada àquele fim de mundo, onde o invisível era o real.

Voltara a ser acometido pelos calafrios, que lhe perpassavam a espinha até o pescoço, arrepiando os pelos da nuca. Já não se sentia assim havia quase três anos, desde que ajudara a derrotar o Naldo, criatura infame que atentou contra a própria família, nesta e na outra vida.

Fora tolo ao acreditar que seu périplo sobrenatural no vilarejo estava encerrado, e que permaneceria impávido naquelas plagas até ser contemplado com uma irrecusável promoção. Riu de si mesmo. Pelo menos havia a Ângela para iluminar seus dias, além da sólida amizade que estabelecera com o Eduardo. Nem podia se queixar!

E cá estava ele, de novo às voltas com misteriosos desaparecimentos e inexplicáveis acidentes. Ao menos desta vez haviam deixado de fora os pequeninos. *Menos mal*, pensou. Crimes envolvendo crianças eram mais difíceis de investigar, a sensibilidade das pessoas ficava à flor da pele, e com razão. Sem mencionar a imprensa que, a despeito disso, já começava a pulular nas ruas do Remanso. *Vou te contar, essa porcaria de distrito parece que ama os holofotes! Não consegue ficar longe deles!* – praguejou em seu íntimo, antevendo as respostas evasivas que seria obrigado a fornecer nas entrevistas e a pressão da opinião pública e da corregedoria. Porque, num curto espaço de tempo, e após o enigmático acidente de carro que inaugurara a temporada de espetáculos, não faltaram assuntos para entreter os imaginativos moradores da bucólica região serrana!

Márcio Fonseca soltou um longo suspiro. Abriu a agenda com capa de couro, perscrutou suas anotações de trás para a frente e enumerou os eventos de maior relevância; orgulhava-se da própria capacidade de organização.

O desaparecimento reportado há pouco pela mãe, professora aposentada. Tinha dúvidas quanto a esse caso, achava que o jovem usuário de drogas poderia reaparecer. Mas concordava com o padre que, diante da conjuntura, era melhor não postergar as buscas.

Os turistas vitimados pela devastadora cabeça d'água. Esse caso o intrigava em demasia, porque, enquanto os corpos desnudos do casal haviam sido encontrados quilômetros abaixo do local do fato, arrastados pela força das águas, o da terceira componente do grupo desaparecera sem deixar vestígios. E a experiência já o ensinara que corpos sumidos eram um péssimo sinal!

Então vinha a cereja do bolo: os relatos de aparições, que já proliferavam com a urgência de um pavio aceso de pólvora. E agora a população da vila e das fazendas andava apavorada com a manifestação não apenas de um, mas de dois espectros envoltos na neblina. Mais especificamente um casal jovem, belo e misterioso, ele com cabelos curtos e claros, ela com longas madeixas negras onduladas. Uma visão estupenda, ao mesmo tempo impressionante e aterradora, segundo as testemunhas. Quanto a esse rumor, o delegado preferia não se antecipar e aguardar a melhor oportunidade para conversar com Eduardo e com os outros. Por ora, limitava-se a cruzar os dedos, na torcida para que se tratasse de meros boatos.

Mas não era só isso, e Márcio Fonseca esfregou o rosto com energia, como se buscasse despertar de um sonho ruim.

Reiterados acidentes ofídicos e até dois improváveis ataques de javalis instigavam a supersticiosa comunidade a elucubrar possíveis evidências de uma nova infestação. Afinal, aquele era um lugar propenso a eventos controvertidos de natureza extragaláctica. Aquela era a morada, quiçá perpétua, de uma entidade obscura, hedionda e corrompida; uma maldade imemorial e poderosa impregnada nas águas, nas matas e no solo, cujo alimento era a força vital subtraída das pessoas, e cuja principal diversão consistia em perverter a realidade para satisfazer suas torpes demandas e seus caprichos abjetos. Naquele lugar, uma perniciosa deidade, jamais vislumbrada por olhos humanos, estabelecera seu pouso e segredava promessas de malefícios a seres ignóbeis, predispostos a servi-la e a mergulhar com ela na noite implacável e negra!

12

— Concentre-se, Juliana! — ordenava Eduardo, manifestando impaciência.

Andava pegando pesado com ela nas últimas semanas, ao que a menina resistia, não sem razão. Sentiu-se um pouco culpado, porque ela, apesar da idade, sem dúvida vinha correspondendo às exigências do treinamento, iniciado há quase três anos. Demonstrava uma força incomum a despeito de sua constituição física delicada, uma habilidade surpreendente no manuseio das armas e uma inteligência muito superior à média. Um resultado inesperado do cruzamento genético? Era bastante provável.

Contudo, ainda não estava pronta, ambos sabiam disso. E só o que podiam fazer era trabalhar e torcer para que o recomeço tardasse o suficiente, embora cientes de sua inevitabilidade. Porque aquele lugar infame, como todos os sítios ruins, aguardava, e ansiava, pelo retorno do mal em sua plenitude!

O padre continuou sua ladainha. Não podia perder de vista o objetivo final de todo aquele sacrifício, que consistia em desenvolver na garota uma resistência plena ao controle exercido por Ablat e seus asseclas. Insistiria nisso a ponto de criar uma blindagem, porque ela precisava compreender que suas características inatas, embora impressionantes, não seriam suficientes se ela não se fortalecesse: o inimigo era extremamente poderoso!

— Parece que esses exercícios de autocontrole e meditação são um verdadeiro martírio pra você!

— Não enche, Eduardo! São mesmo! — a garota revidou, com aquela entonação entediada e afrontosa, característica das falas adolescentes. Dirigia-se ao sacerdote com uma intimidade excessiva, como se fosse um segundo irmão mais velho. O padre compreendia, mas não deixava de ver naquele tratamento uma certa falta de respeito.

– Sabe muito bem que o treinamento não pode se restringir às lutas e ao emprego das armas. Tão importante quanto estes é o trabalho intelectual e, acima de tudo, o espiritual. A meditação desempenha um papel indispensável na sua preparação. Sem ela, não é possível desenvolver a autodefesa paranormal. Não se esqueça de que grandes poderes trazem grandes responsabilidades! – ele acrescentou provocativo, ciente do quanto esses clichês a irritavam.

– E por acaso não sei disso? Por que outra razão eu me submeteria a tamanho sacrifício? Já viu alguém da minha idade gastar todo o tempo nos estudos e nos treinamentos, ajudar na administração da fazenda e ainda dar conta de realizar pequenos milagres? Acha que isso é normal?

– E desde quando você é normal, Jujuba das Estrelas? – a voz zombeteira veio da entrada do galpão da fazenda, adaptado por Anderson para os treinos. Era o jovem Gustavo, que, recém-formado em veterinária, retornara da capital, onde fora resolver questões relativas à emissão do diploma e à rescisão do contrato de aluguel.

Eduardo abriu um sorriso, e a garota foi ao encontro do ex-namorado, com quem trocou um abraço fraterno. Foi quando notou que ele não viera sozinho, pois uma mulher surgiu logo atrás. Tinha cabelos loiros e uma elegância elaborada, reforçada pelas roupas intencionalmente despojadas e pelas armações grandes e quadradas dos óculos, que lhe proporcionavam um aspecto intelectual. Juliana estranhou as lentes; pareciam inautênticas, como sua dona.

Ah, a histórica rivalidade introjetada entre as mulheres, capaz de inibir a empatia e ceifar promissoras perspectivas de amizade! Uma nefasta construção do patriarcado em detrimento da essência colaborativa do feminino!

Juliana, de cara, detestou Ester. Abalada pelo injustificável, porém incisivo ataque do monstro de olhos verdes, achou-a bonita, mas velha. *Devia ter quase a idade de Heloísa!* – pensou, chocada. Avaliou que os cabelos de mechas aloiradas em nada a favoreciam; sem mencionar as lentes falsas dos óculos, que, de perto, prontamente identificou. Concluiu, por fim, que ela se vestia e se portava com afetação!

Ester também não simpatizou com Juliana. Estarrecida pela imagem quase sobrenatural da garota, viu-se obrigada a reavaliar uma antiga convicção, surrupiada de um famoso estilista, de que a beleza da mulher só se consolida aos vinte e poucos anos. Porque aquela criatura, em sua perfeição diáfana, não era bela somente por ser jovem! Tinha uma aparência ao mesmo tempo infantil e madura, equilibrada e impertinente, que desafiava todos os padrões estéticos preestabelecidos!

Interrompendo as elucubrações das duas mulheres, que se avaliavam mutuamente como combatentes nos minutos que antecedem o confronto, um dos empregados da fazenda chegou, esbaforido, gritando que a égua estava parindo. Juliana e Gustavo correram para o estábulo onde o animal, num difícil trabalho de parto, demonstrava sinais de sofrimento, uma situação indicativa de que o potro não estava na posição adequada ou apresentava algum problema grave.

O veterinário levou menos de uma hora para realizar o parto, com a égua contida de pé, até que o potro caiu aparentando fraqueza. Antes que ele interviesse, Juliana descansou as mãos sobre o peito e a cabeça do recém-nascido, que pareceu recuperar os movimentos respiratórios e os batimentos cardíacos. Só então Gustavo procedeu ao exame preliminar, para concluir que o filhote estava bem e ordenar que fossem ambos observados durante as horas seguintes. Depois sorriu para Juliana, enquanto Ester tentava compreender o significado daquela inusitada cena que todos, até mesmo os funcionários, pareciam encarar com absoluta naturalidade.

– O que foi aquilo? Um trabalho em equipe? – perguntou a moça assim que se afastaram.

– Mais ou menos isso... – ele respondeu, reticente.

– Lembre-se de que prometeu não me esconder mais nada!

– Eu sei, Ester. Não estou me recusando a explicar. É que são muitas revelações, aos poucos eu coloco você a par de tudo. Também por isso viemos pra cá, não foi? Mas tenha paciência, não quero ver você fugir correndo de volta para a cidade; não sem antes me ajudar a montar a clínica e o apartamento!

Ele piscou e soltou uma risada. Ela revirou os olhos e deu-lhe um soco no braço. Seguiram a passos vagarosos para a casa da fazenda. No meio do caminho, Gustavo se voltou para Juliana, que vinha logo atrás com Eduardo, e falou:

–Vou precisar das suas mãos milagrosas. Minhas plantas sofreram na viagem e chegaram muito sacrificadas!

Juliana bufou, enquanto Ester ficou imaginando se a garota também entendia de jardinagem. Eduardo, calado, observava a cena com um discreto sorriso. Notava que o rapaz estava diferente, e isso não era apenas fruto da idade, da formatura e do coração apaziguado pelo desfecho do drama da irmã desaparecida. Aquela moça representava o cais, o equilíbrio e a maturidade; ao contrário de Juliana, que sintetizava a pulsão, a energia, um movimento permanente que ele, em sua melancolia, jamais conseguira acompanhar!

13

Escondidos atrás das árvores, os homens mantinham o olhar fixo na garota, que costumava escolher, como refúgio para as horas de leitura, a área mais baixa e afastada da pousada, ao lado da cachoeira. Permanecer à espreita era a especialidade dos dois, tarimbados na prática de delitos sexuais, do tipo que se perpetra às escuras. Uma ovelhinha desgarrada era tudo o que mais apreciavam, e aquela tinha o perfil ideal da vítima.

Sentiam correr, como fogo nas veias, o gozo antecipado da violação e a sensação de poder e domínio que o ato proporcionava. Ela era tão jovem! Não deveria ter mais do que treze anos, a idade perfeita, na opinião deles, quando o corpo ainda não amadurecera por completo.

Combinaram antecipadamente a tática a ser empregada, que não variava muito, porque lhes faltava imaginação, embora sobrasse torpeza. Seria fácil, para dois sujeitos fortes, imobilizá-la, impedir que gritasse e arrastá-la para a mata. A distância dos chalés e o barulho da água facilitariam o sucesso da empreitada. Armaram o bote e se aproximaram como répteis, a passos medidos e silenciosos.

Não chegaram a sair da floresta, que acreditavam conhecer como a palma da mão. Dois vultos velozes e flutuantes os detiveram, girando em volta num balé sádico e sinuoso. O tecidos das vestes escuras eram extensões dos corpos e, como filamentos, laceravam-lhes a pele ao som sinistro de chibatas e de cortes. As garras funcionavam como raízes pálidas, que os aferraram ao solo sem possibilidade de defesa, infligindo-lhes ferimentos profundos nos braços, nas pernas e no tórax, ao mesmo tempo em que drenavam seu vigor.

Os dois sujeitos ainda tentaram, num lampejo mórbido de curiosidade, descobrir o que havia debaixo das vestes, no esforço de identificar a espécie desconhecida que os caçava em dupla e apreciava seu desespero, protelando o desfecho e o prazer até os derradeiros golpes na forma de certeiras incisões no pescoço.

Morreram lenta e dolorosamente, esvaindo-se em sangue, absorvido pelo solo sedento.

Predadores abatidos, enquanto agonizavam tiveram a honra de contemplar os ferozes atacantes que, embora se assemelhassem, não eram verdadeiramente humanos; e cheiravam, e exploravam, com avidez, os ferimentos infligidos, inebriados pelo odor hircoso proveniente daquelas almas deterioradas.

14

Márcio Fonseca esperou, acomodado na grande sala, até que todos estivessem reunidos. Tomou café artesanal, comeu bolinhos de chuva e finalizou com uma generosa fatia de caçarola, imaginando a dificuldade que teria para manter o peso, caso morasse naquela fazenda. Deu graças aos céus pela dieta natural adotada na pousada de Ângela, domínio exclusivo das frutas, folhas, legumes, carnes magras, queijos brancos, tapiocas e geleias caseiras desprovidas de açúcar.

– Acho que estão todos aqui, podemos começar – o delegado falou. Já estava até acostumado àqueles encontros, organizados rotineiramente para troca de impressões sobre as ocorrências do distrito, um hábito mantido mesmo durante a trégua.

– Episódio um da segunda temporada: RH do RH! – Diogo brincou.

– Não entendi! – destacou Heloísa.

– Recursos Humanos do Remanso do Horror! – Diogo esclareceu, provocando gargalhadas no grupo.

– Nossa! Péssima, essa! – a cunhada criticou. – Como comediante, você é um ótimo enfermeiro!

– Não deboche, porque todos precisam de um plano B, e este é o meu: se nada der certo, posso me tornar humorista! – Diogo riu, orgulhoso das próprias tiradas.

– Deus nos guarde! – ela falou, fazendo o sinal da cruz.

– Viu? De novo! Não falei que a sua religiosidade está se intensificando? – o cunhado provocou, e a professora deu de ombros, enquanto o delegado cuidava de tomar as rédeas da conversa para direcionar o foco.

– Enumerei os pontos que, na minha modesta opinião, merecem a nossa atenção. – Márcio Fonseca abriu a agenda de couro e continuou. – E a pergunta fundamental é a seguinte: qual a relação entre esses eventos? Primeiro, o acidente de carro que vitimou o casal; segundo, o episódio da cabeça d'água na cachoeira; terceiro, o sumiço do Mateus; quarto e último, os sucessivos ataques de animais selvagens.

– Acho que Felipe tem algo a acrescentar – declarou Diogo, e todos se voltaram, com ansiosa expectativa, para o médium. Desde o confronto na caverna, havia quase três anos, Felipe assegurava que não tivera mais visões. Nenhum dos presentes acreditava, é claro! Mas respeitavam seu esforço para preservar a própria integridade psíquica e levar uma vida normal, apesar de tudo.

— São apenas sonhos, não são premonições! — Felipe esclareceu. — As premonições me vêm de outra maneira, muito mais intensas, como numa espécie de delírio!

— Mesmo assim, precisamos saber! — Anderson incentivou.

— Tive um pesadelo na noite do acidente e acordei suando, febril. Pelos meus cálculos, foi no exato momento em que tudo aconteceu. Mas não identifiquei as pessoas nem o carro. Só pude ver o rio e o remanso, do alto, como se eu planasse sobre a paisagem. E um jovem com asas, belo, que saltava! — o rosto de Felipe denotava forte emoção ao prosseguir. — Pude enxergar tudo pelos olhos dele. Pude sentir sua agonia, sua angústia! Desde então, não tive uma noite tranquila de sono.

Todos os presentes sentiram um pouco do que Felipe relatava. Porque ele era assim, como uma esponja que absorvia as emoções exteriores, mas que também expandia as suas para as pessoas ao redor, principalmente aquelas pelas quais nutria afeto. Não era fácil conviver com seu cérebro de antena, captando sem descanso as emanações, zumbidos e estalidos que povoam o silêncio fingido do mundo espiritual!

— Mas não é só isso. Também tenho sonhado com túneis subterrâneos! — Felipe prosseguiu.

— Como aqueles que atravessamos na caverna? — Anderson quis saber.

— Esses são diferentes. Parecem passagens artificiais, escavadas por instrumentos e mãos humanas.

— E o que mais? — Heloísa perguntou, aflita, e o irmão suspirou antes de responder.

— O distrito... — ele interrompeu, subitamente.

— O que tem o distrito? — Anderson insistiu.

— Eu vi sangue, muito sangue escorrendo pelas ruas do vilarejo! Eu vi o horror!

Todos o encararam estarrecidos.

– Felipe reproduziu as cenas nos desenhos. São impressionantes! – Diogo acrescentou.

O clima tenso que se estabeleceu entre os amigos foi quebrado por Eduardo.

– Então, vamos trabalhar! Esse é mais um motivo para nos dedicarmos ao máximo. Afinal, somos ou não somos os protetores do Remanso? – o padre encarou o grupo e continuou: – A parte dos animais selvagens é a mais fácil de explicar. Eles são os primeiros a sentir e a reagir quando forças obscuras despertam na floresta. Fogem da mata ou são empurrados e acabam esbarrando nos humanos. Por isso os acidentes com jararacas, os avistamentos de onças e os ataques de javalis!

Recuperaram o ânimo, e o delegado deu sequência ao raciocínio:

– Vamos lá! Eu elenquei os fatos, mas há também um elemento abstrato, se é que essa palavra se adequa ao caso. Ouviram falar das novas aparições?

– O casal espectral? – foi Juliana quem perguntou e também respondeu. – Ouvi dizer que eles já se tornaram um sucesso entre os turistas! O fluxo de visitantes está aumentando; só de andar pelas ruas do distrito a gente percebe. É uma galera esquisita, não pode ouvir falar de abantesmas que já se assanha!

– Aban... o quê? – Diogo indagou, perplexo.

– Assombrações! – explicou Heloísa em tom professoral. – Afinal, este é um lugar de turismo místico. Tudo aquilo que nos põe em guarda os atrai como abelhas ao mel!

– Podemos partir da premissa de que o desaparecido Tiago Mendonça seja o novo convocado do mal! Nosso novo Naldo, para ser mais exato, embora eu não descarte a possibilidade de ser o Mateus Ribeiro! – o delegado interveio, puxando, mais uma vez, o fio da conversa para o ponto crucial. Essa estratégia era sempre necessária quando havia muitas pessoas reunidas; caso contrário, a confusão se instaurava. – Nesse aspecto, temos algumas controvérsias. Pode explicar, padre? – pediu.

– É claro! Estabelecendo comparações, temos que o Naldo levou meses para se manifestar como espectro e anos para se fortalecer e começar a obter sucesso nos ataques. Fez a primeira vítima efetiva quase cinco anos depois da sua morte humana! Então, a principal questão é a seguinte: como o rapaz Mendonça já está se materializando, poucos dias depois do acidente? E como já teve poder suficiente para conquistar uma aliada? Ou até mesmo dois aliados, levando em conta que é possível, e mesmo provável, que o desaparecimento do Mateus esteja ligado a ele?

– Quanto ao Mateus, ainda não temos certeza nem mesmo se está vivo ou morto! – Heloísa arriscou o palpite. – A floresta oferece muitos perigos até para quem a conhece. Não é difícil imaginar que ele, doidão, possa ter se acidentado numa ravina ou num despenhadeiro, por isso não acharam o corpo. E a mulher pode não ter sido aliciada pelo Tiago, e sim pelo próprio Ablat!

– Este também é um enigma: Ablat elegendo dois ou mais prepostos ao mesmo tempo? Pelas minhas pesquisas, seria bastante incomum! – Eduardo pontuou.

– Sei lá, ele pode estar com fome ou com raiva. Ou as duas coisas. Talvez esteja ansioso para se vingar de nós, porque destruímos o Naldo, seu asseclas anterior. Por isso decidiu quebrar o padrão – Heloísa ponderou.

– É uma hipótese! – Eduardo acolheu. – Mas também precisamos levar em conta que Mateus pode ser apenas uma vítima. Mero alimento, como as garotinhas capturadas pelo Naldo. Porque ele é um rapaz problemático, mas não tem a índole ruim. Não a ponto de se tornar um servo de Ablat!

— Será que a nossa entidade cósmica vai dar uma de bicho-papão? *El Cuco* perseguindo crianças que se comportam mal? Decepcionante! — Diogo ironizou.

— Ou, talvez, tenhamos nos precipitado em concluir que ele é atraído somente pela maldade, como apontam as escrituras. Talvez seja atraído também pela dor! Não podemos negar que Naldo, Tiago e mesmo Mateus eram criaturas atormentadas. — Anderson acrescentou, preocupado por se ver retratado nessa mesma categoria de indivíduos.

— É mais uma hipótese interessante! Por isso aprecio esses nossos encontros, estamos todos nos tornando *experts* em ocultismo — Eduardo elogiou e continuou. — E quanto ao poder de se materializar, hipoteticamente desenvolvido em tempo recorde pelo Tiago Mendonça? Quem arrisca uma teoria?

— Isso aí parece coisa de DNA! — Juliana opinou.

— Como assim? — Eduardo quis saber.

— Como se já tivesse isso gravado no código genético dele — a menina lançou esse petardo enquanto arrumava, displicentemente, os negros e longos cabelos, que insistiam em despencar da pregadeira.

Márcio Fonseca deixou de lado, por um instante, suas anotações. Coçou o queixo e ficou matutando sobre o significado das palavras jogadas, aparentemente ao acaso, por aquela criatura cósmica e intrigante!

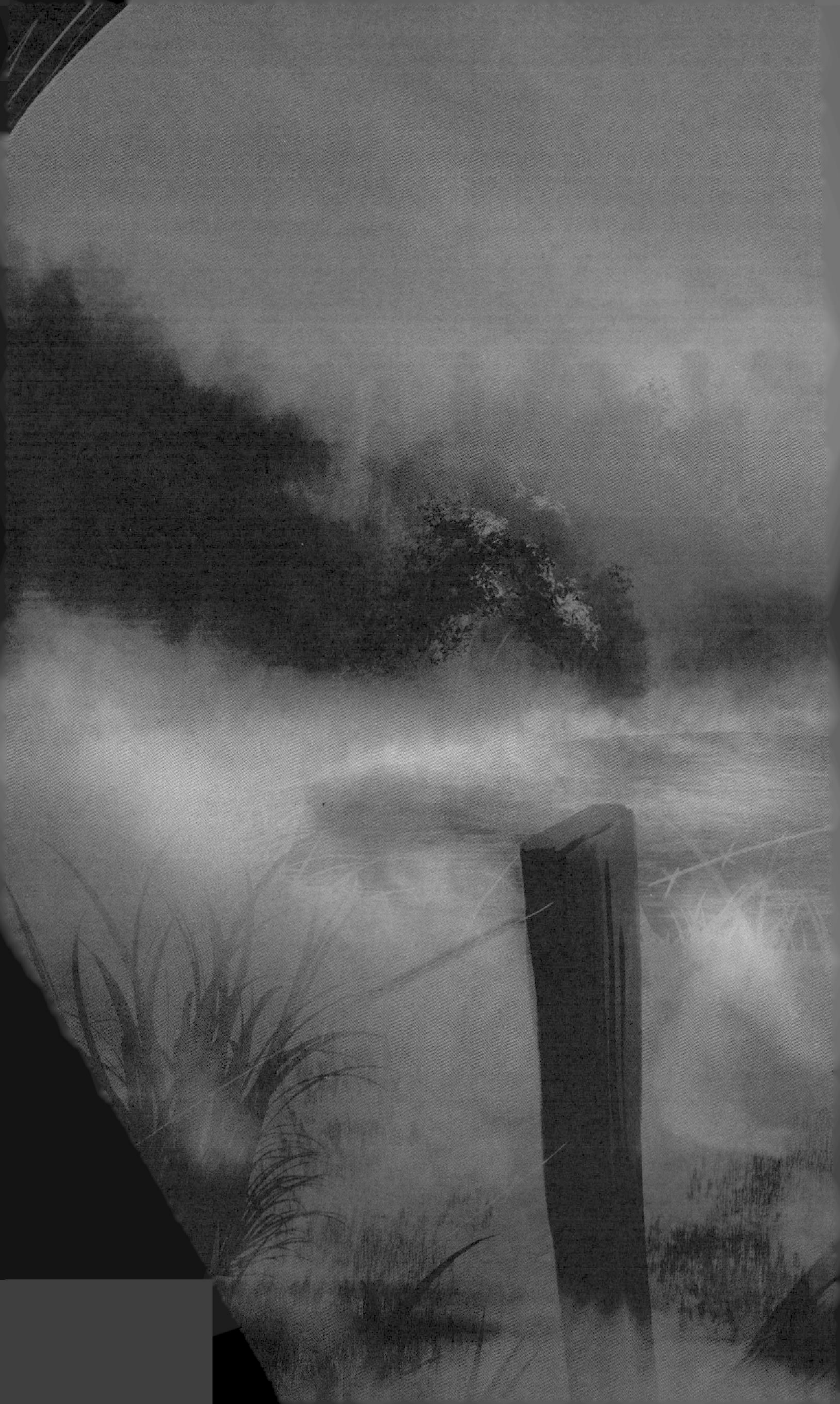

O PASSADO
PRIMEIRA INTERSEÇÃO
NOSTÁLGICOS

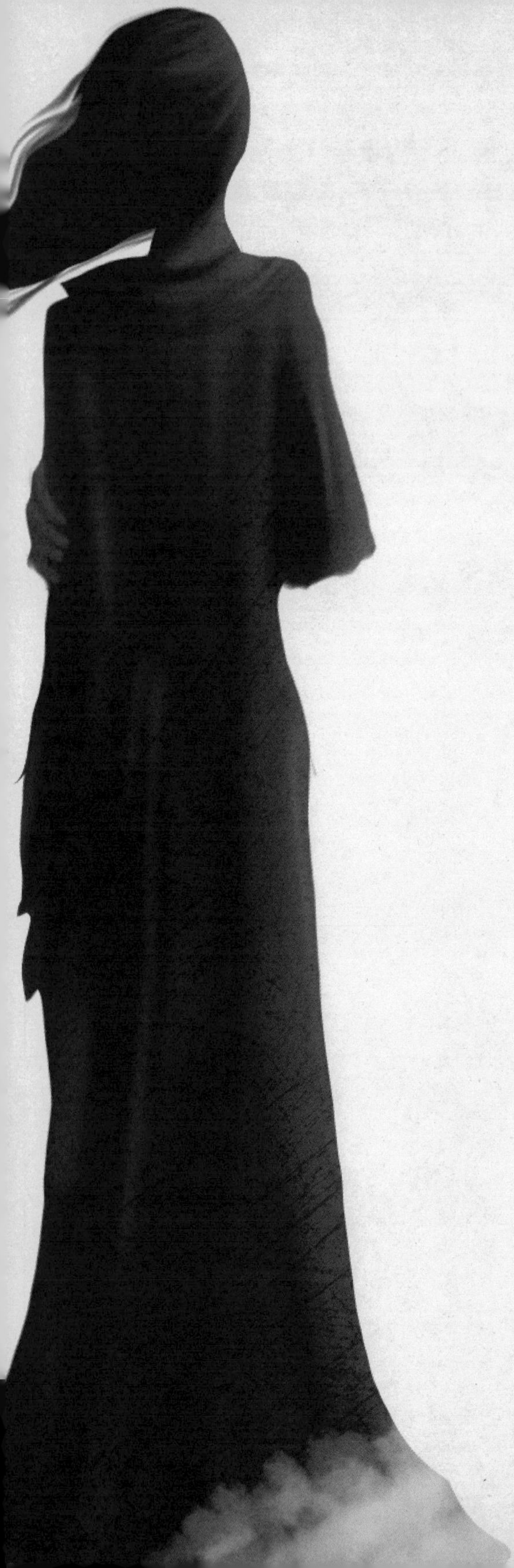

Eneida Mendonça controlava, entre impaciente e entediada, o processo de acomodação dos animais nas baias. Participava, havia décadas, daquelas exposições agropecuárias, que nos últimos anos mais a aborreciam do que divertiam, além de estressarem sobremaneira seus valiosos exemplares, os equinos em especial. Mas as feiras eram importantes para os negócios, não havia como escapar!

Pensou no marido, que conhecera num desses eventos e que agora se recusava a acompanhá-la, alegando cansaço. Não que fizesse muita diferença, mas às vezes se ressentia da reiterada ausência masculina! Assaltava-a a incômoda sensação de estar sendo negligenciada cada vez que alguém perguntava pelo dr. Luís Carlos; e alguém sempre perguntava, por falta de noção ou por crueldade mesmo. O velho hábito de meter o dedo na ferida alheia! Nessas ocasiões, repreendia a si mesma por se deixar atingir pelas provocações. Não era nem de longe uma mulher frágil. Mas a verdade é que nenhum ser humano é totalmente imune às impertinências sociais!

Encerrada a apresentação noturna na arena, Eneida comeu tudo e foi encontrar um grupo de amigos numa das barracas da feira, onde comeram carne de sol com mandioca, churrasquinho de porco e salsichão fatiado na farofa, tudo deliciosamente regado a fumaça e poeira. Beberam cerveja; e, enquanto se distraíam com o exuberante desfile de chapéus, botas e casacos de couro, José Ronaldo chegou e se juntou ao grupo, passando a dedicar especial atenção à antiga namorada. Era um sedutor quando lhe interessava e sabia bem aproveitar as sutis oportunidades que um casamento em crise costuma proporcionar.

Relembraram os tempos do colégio, riram e se afastaram dos outros na direção do parque de diversões. Eneida arrancou aplausos de Naldo, exibindo, no tiro ao alvo, sua pontaria certeira, treinada pelo pai desde a infância, na beira do rio que atravessava a fazenda. Posicionaram-se diante do palanque principal, onde assistiram ao show da banda de rock local e de uma famosa dupla sertaneja. Dançaram de braços dados e se deixaram percorrer pela eletricidade dos corpos arrebatados pelo desejo. Beijaram-se protegidos pelo anonimato, em meio à multidão que balançava na cadência envolvente da música. Eram de novo Naldinho e Neidinha, adolescentes enamorados e destinados a consolidar a sonhada aliança entre os Mendonça e os Cardoso, as duas famílias mais poderosas da região. E, no decorrer de três nostálgicos meses, Eneida sentiu-se rejuvenescer em furtivos encontros nos motéis e fugazes aventuras sexuais nas caminhonetes estacionadas em meio aos pastos solitários.

O autoritarismo da mãe já não a exasperava, a passividade do marido não mais a aborrecia e as exigências da filha não a estressavam como outrora. Sentia-se leve, sentia-se viva, sentia-se de novo uma mulher ao lado daquele que fora sua grande paixão da juventude. E achou que já era hora de definir sua situação com José Ronaldo; afinal, aquele amor renascido das cinzas era proibido, mas não indigno!

E, então, com seu estilo direto, conclamou-o a tomar uma decisão. Não havia dúvida de que se amavam; estava na hora de comunicar aos respectivos cônjuges a intenção de consolidar essa união. Seria uma tarefa difícil, porém inevitável. Não tinha sentido continuar na clandestinidade, não combinava com eles e era demasiadamente arriscado. Falou tudo de um só fôlego, tinha certeza de que o parceiro acataria. Aquela era a melhor, se não a única alternativa! E tinham que agir rápido, mas isso ela não chegou a mencionar.

Qual não foi sua surpresa diante da sonora gargalhada do amante, que se intensificou a ponto de lhe escorrerem lágrimas pelo canto do olho. E viu surgir diante de si um homem impiedoso que vaticinou, sem o menor pudor, que ela estava louca! Que não comunicaria nada a ninguém, de onde tirara aquela ideia ridícula? Que nunca, jamais deixaria a esposa! O que acontecera entre eles fora um mero passatempo; uma diversão que, a partir daquele momento, dava por encerrada! Antes dela, tivera muitas outras mulheres, inclusive mais jovens e belas! Que ela voltasse para o marido corno e se contentasse com sua vidinha insossa ao lado dele!

Eneida engoliu a dor e a humilhação. Era durona, treinada desde a infância para se impor diante da prepotência e misoginia dos machos latifundiários locais. Conhecia bem o estereótipo, como se deixara enganar a tal ponto?

Entregou a filha e a fazenda aos cuidados da mãe e arrastou o relutante marido para uma inesperada viagem de segunda lua de mel pela Europa, onde permaneceram durante dois meses, ao fim dos quais retornaram com Eneida grávida e mais determinada do que nunca. Afastou de vez a mãe do comando e assumiu, com firmeza, a administração da propriedade. Transformou em pedra o antigo sentimento e nunca mais ficou cara a cara com José Ronaldo, que só revia nos seus piores pesadelos, nos quais o amante a observava enquanto paria, imersa num mundo aquático, escuro e ameaçador.

Ninguém desconfiou, exceto Teresa Mendonça, de quem nada se podia esconder. Aquela mulher parecia enxergar através das pessoas e, embora se mantivesse calada, olhava enviesado para a barriga que crescia, alimentando e guardando o futuro herdeiro dos Cardoso. E a matriarca se viu tomada por um orgulho enorme daquela filha que, na sua peculiar escala de valores, até quando errava, acertava!

Ítalo foi o nome imponente que o dr. Luís Carlos escolheu para o filho, em homenagem à Itália, onde supostamente fora concebido. Mas Eneida discordou e, como de costume, saiu vitoriosa – de forma que o italianinho, um bebê loiro e forte apesar de prematuro, foi batizado Tiago.

15

Os últimos raios de sol estenderam o reflexo purpúreo sobre o misterioso Rio das Dores e sobre a vegetação. Quando a noite negra açambarcou com seu manto inclemente o vulnerável mundo dos humanos, o *camping* estava lotado. Dezenas de jovens descansavam nas barracas ou se reuniam para beber em torno das fogueiras, enquanto os guias tratavam de organizar o material destinado às incursões noturnas em busca do fabuloso casal.

Desde que as aparições tiveram início, o turismo só fazia crescer no famigerado distrito, para júbilo dos administradores do município, instalados em confortáveis e seguros gabinetes. O público de frequentadores revelava os mais diversificados estilos, das roupas escuras e piercings às malhas brancas despojadas, passando pelos tênis e mochilas fluorescentes, num desfile inebriante que estendia ao infinito as promessas de lucro dos empresários locais.

O tempo estava firme, e a primeira turma, liderada pelo guia mais experiente, partiu na direção da Cachoeira do Chiado, onde a cabeça d'água vitimara os três jovens; aquele seria seu posto de observação no esforço de encontrar o casal sobrenatural. Outro grupo seguiu na direção da Clareira Crepuscular, espaço holístico onde as últimas aparições haviam sido reportadas. Um terceiro grupo foi para o Mirante Assombrado, envolto em eterna neblina e famoso por assustadores relatos de visagens.

Dessa maneira, os guias se organizaram e se dividiram, porque era impossível prever o local exato dos eventos e também porque a concentração excessiva de pessoas num mesmo espaço já dera causa a inúmeras confusões. Sim, os turistas brigavam entre si, disputando o que consideravam a melhor chance de atingir a meta e, é claro, postar nas redes antes dos concorrentes! Era o turismo macabro em toda a sua plenitude e bizarrice!

Os visitantes seguiam na fiel expectativa de que o universo conspiraria a seu favor e, quando as incursões se revelavam inócuas, não esmoeciam: escolhiam novos pousos e reiniciavam a jornada. Munidos de binóculos e câmeras fotográficas, saboreavam a emoção das longas horas de tocaia, momentos que, por si só, compensavam o esforço.

Contudo, para manter ativo o interesse e alimentar o imaginário coletivo, era crucial que ao menos parte dos envolvidos lograsse êxito na empreitada, fomentando a esperança dos demais na viabilidade do encontro mágico. Por conta disso, os organizadores se empenhavam e, naquela noite em especial, a sorte sorriu para o grupo que tomou a direção da clareira. Escondidos atrás das grossas árvores, os felizes eleitos tiveram a oportunidade de vislumbrar, no espaço aberto iluminado pela lua pálida, a improvável dupla em sua magnífica aparência.

Não eram apenas impressionantes. Eram incrivelmente belos!

Nada de troncos curvados, de sulcos nas faces, de olhos saltados. Nada de mantos amarelos esfarrapados ou de névoa negra se esvaindo do peito.

Eram jovens, eram luminosos, eram sensuais! Eram o retrato do seu tempo, uma versão aprimorada, resplandescente e exibicionista de seu sombrio antecessor.

Em comum, apenas as vestes escuras e a névoa cinza que os circundava sem cessar; e as mãos demasiadamente longas, que se estendiam em dedos delgados e tortuosos como raízes de árvores.

Os afortunados turistas foram ao delírio em gritos extasiados, enquanto suas câmeras espoucavam em compulsivos *flashs* que, estranhamente, não lograram espantá-los ou afugentá-los; muito pelo contrário!

16

O ar refrigerado do gabinete não dava conta de aplacar o suor que escorria pela testa, pelo pescoço e pelas costas de um transtornado Márcio Fonseca, acometido por violenta crise de nervosismo.

– Que merda é essa de casal sobrenatural? – vociferava diante do aturdido prefeito, enquanto Eduardo acompanhava a cena, estampando no rosto uma expressão entre preocupada e divertida.

– Não tem nada de mais, é só outra invenção de moda da internet! Os jovens não se cansam disso! – Carlão Lacerda tentava justificar.

– É casal espectral! – o padre corrigiu. – Juliana me explicou que eles já têm perfis nas redes sociais com milhares de seguidores! Seus fãs até criaram uma versão romântica, e a isso se chama *shippar*, que significa aprovar, torcer pela dupla. Também já tem uma *fanfic*, embora eu não saiba exatamente o que isso vem a ser!

– *Shippar*! *Fanfic*! – o delegado explicitava, com entonação irônica. – Eu mereço! Meu Deus do céu! Onde essa gente está com a cabeça?

– Escute, delegado, não precisa ficar tão nervoso! Não há problema algum, são só divagações desses jovens malucos! – o prefeito insistia em minimizar.

— Como assim, não há problema algum? O senhor é nascido e criado aqui no distrito, não se faça de desentendido. Eles são monstros! Provavelmente assassinos, como seu antecessor!

— Ora, há um certo exagero nisso, não é, delegado? — Carlão Lacerda fez um muxoxo. — Eles não mataram ninguém e, se quer a minha opinião, não passam de folclore ou de um teatro muito bem montado por esses guias espertalhões, em conchavo com os donos das pousadas e restaurantes. Fiquei sabendo que não há fotos! Os turistas dizem que fotografam, mas as imagens desaparecem, como por encanto, dos celulares e das redes! Mesmo com centenas de compartilhamentos! Não acha muito suspeito? Está na cara que é uma armação, e que alguém está tirando vantagem disso! — ele encarou, determinado, seus interlocutores, e então prosseguiu. — Mas, se essa fantasia estimula o turismo, para mim está ótimo! Nunca tivemos tantos visitantes e por tanto tempo. Os hotéis estão lotados, o comércio está em festa, os guias estão treinando ajudantes, porque não conseguem dar conta da demanda. Nesses tempos de crise, são dezenas de empregos milagrosamente criados. A economia do distrito e a do município agradecem! Que os fantasmas tenham vindo pra ficar!

— Mas é inacreditável que o senhor esteja estimulando tudo isso! — Márcio Fonseca esbravejou, perdendo o que lhe restava de paciência. — Quero ver o que vai fazer quando esses turistas começarem a desaparecer, um após o outro!

— Controle-se, delegado! Olhe com quem está falando!

— Estou olhando, prefeito. E, francamente, não estou gostando!

— Pois bem, se sumir alguém, você me comunique! E esse viciado do Mateus Ribeiro não conta! Antes disso, e sem provas de qualquer ocorrência que possa ter ligação com as aparições, pode desistir da ideia de afastar os turistas. As eleições estão chegando, e não quero todos os comerciantes da cidade contra mim! – Dito isso, despediu-se e saiu, deixando o delegado desprovido de fôlego e argumentos. Só então o sacerdote ficou à vontade para opinar.

– Veja só, andei pensando no seguinte: por mais que as redes sociais estimulem esse tipo de atitude, acho o comportamento desses turistas exagerado. Já fugiu da normalidade, mesmo para essa geração virtual!

– Então, como você explica tudo isso?

– Acredito que eles estejam submetidos, embora em menor escala, à mesma influência que anda alterando o padrão de comportamento dos jovens moradores de Remanso. Prepare-se, delegado! Tudo indica que a força nefasta que enfrentamos há três anos não apenas permaneceu, como também se fortaleceu e se ramificou! Os próximos dias prometem uma boa luta – disse isso com um sorriso no rosto, deixando estupefato o amigo.

– Às vezes, eu me pergunto por que vocês simplesmente não se mandam daqui! Lembra quando estudamos os espaços anecúmenos? Aquelas regiões que, devido a fatores como clima, altitude e outros, são impróprias à fixação humana? Pois é, cheguei à conclusão de que este lugar, embora provido de belezas e recursos naturais, é espiritualmente anecúmeno! Aqui não é lugar para se viver, Eduardo! – Márcio Fonseca frisou.

O padre riu da comparação colegial do amigo. Lembrava bem dessa aula de geografia.

– Ora, delegado! Duvido muito que já não saiba a resposta para essa pergunta. Não nos mandamos daqui pelo mesmo motivo que você também não o faz, e olha que nem é do distrito! E nem venha argumentar que tem o dever legal de agir, porque sua obrigação como policial não se estende aos ilícitos antinaturais. No fundo sabe, assim como nós, que esse mal precisa ser contido, porque constitui uma ameaça não apenas para o vilarejo, mas para toda a humanidade. Sabe que chegará o momento em que esse horror se espalhará e estenderá seus tentáculos sobre todo o planeta. Pode ser em um ano, em cem, até em mil anos; não há como prever. Mas a verdade é que talvez sejamos a melhor chance humana, ou quase humana, de derrotá-lo! Porque, embora Juliana seja a peça-chave dessa luta, todos temos um papel a cumprir, do qual não podemos nos esquivar!

– Mas por que isso, meu Deus?

– Aí vai ter que perguntar para Ele, porque essa resposta eu não tenho, embora tenha a honra de representá-lo e humildemente contribuir para a realização de Sua Obra na Terra! Só o que posso assegurar é que, num mundo em que os valores estão cada vez mais relativizados, aqui, no excêntrico Remanso, o mal e o bem se encontram definidos e delimitados com enorme clareza. É como se fosse um paradigma, sabe? Por isso os resultados que obtivermos serão determinantes para o destino do planeta, assim como o conhecemos! Entendeu? – e ele sorriu mais uma vez, enquanto o outro o fitava, incrédulo diante da naturalidade com que expunha uma perspectiva que, na falta de definição mais adequada, poderia ser equiparada ao Apocalipse!

17

Era sábado, e Heloísa lia na varanda. As crianças brincavam no jardim, e Suema se dedicava à costura na velha máquina manual, herança dos antigos Cardoso restaurada a mando de Dinorá.

Embalada pelo movimento das mãos na sequência frenética da agulha, e dos pés na repetição ritmada do pedal quadrado de ferro, a mulher divagou mais uma vez.

– Cuidado com a água! – a voz grave se dirigiu a Helô, que de novo levou um susto e pulou da cadeira, virando-se, com os olhos arregalados.

– A água, Heloísa! É um risco constante para as crianças. E não estou falando apenas de monstros! Falo dessa piscina que vocês construíram, dessas pedras e dessa água turva! Seus filhos podem se acidentar num piscar de olhos, já vi acontecer mais de uma vez. Crianças pequenas não conseguem vir à tona sozinhas! Não está vendo o menino com os olhos fixos na piscina? Tá olhando essas crianças direito, Heloísa?

A professora, chocada, não conseguia responder, enquanto a outra ria e balançava a cabeça em sinal de negativa.

– Duvido muito! E ainda batizou os dois com esses nomes marcados pela desgraça! Por todos os santos, onde você e o Anderson estavam com a cabeça?

A moça, enfim, se recuperou e revidou.

– Ora, me poupe, Dinorá! Quem tem que decidir os nomes dos filhos são o pai e a mãe, ninguém mais! Estou cansada de ouvir essas críticas! Sabe que foi a nossa maneira de homenagear e resguardar a história da família.

– Resguardar a história! Era só o que faltava! – bufou. – Como se existisse algo no passado dessa família que merecesse ser resguardado!

– Também não é assim!

– Mas é claro que é! E, por falar nisso, tenho uma dica pra vocês. Como deve estar imaginando, não me daria ao trabalho de aparecer só para oferecer conselhos sobre maternidade!

– Fale logo, Dinorá! Sua presença me dá nos nervos, e você vai acabar fazendo mal à sua prima.

– Não seja tola, Heloísa. Suema aguenta, nasceu pra isso! – soltou sua risada alta e debochada e prosseguiu. – É o seguinte: vá buscar informações na nossa comunidade. Há coisas se descortinando, e eles ainda têm muito o que revelar. Já são dezenas vivendo na Serra dos Esquecidos, estão retornando e se fortalecendo, tentando resgatar os valores e a cultura. Principalmente nos últimos vinte anos, quando ficou claro que tínhamos um papel importante a cumprir nessa história. Mas leve a menina junto! E tem mais uma coisa...

Heloísa a encarou com expectativa e observou seu semblante adquirir uma seriedade solene.

– O bem também desperta! É a balança, sabe?

Dito isso, ela se foi, deixando a professora intrigada e Suema aturdida, a ponto de quase espetar a mão no antigo artefato de coser. Ela nunca se recordava de nada depois daqueles episódios de ausência.

Heloísa não comentou, mas notou que, quando Suema entrava em transe e incorporava Dinorá, levava sempre a mão ao coração. Seria mesmo verdade que arrastamos nossos traumas, tal qual correntes, para outra vida? Ou o coração da velha governanta, perdido para sempre nas entranhas da caverna fantasmagórica, emitia sinais para sua antiga detentora? Pensou no Anderson e na mão perdida. Estremeceu.

18

A enfermeira virava a menina de lado, a fim de promover a higiene e tratar as escaras provocadas pela longa permanência no leito hospitalar. O pai acompanhava o tratamento, auxiliando quando possível. Esforçava-se para também estar presente nas sessões de fisioterapia e, observando aquelas dedicadas profissionais, acabou aprendendo a exercitar a filha com carinhosa disciplina. Não fosse a necessidade de trabalhar e o risco de que sua especial condição demandasse atendimento urgente, já a teria levado para casa.

Em determinadas ocasiões, chegou a ponderar a hipótese de desligar os aparelhos que a mantinham respirando, mas logo descartou. Não poderia admiti-lo! Até porque seria o fim também para ele, que não suportaria outra perda. Como todos naquele hospital e no distrito, admirava a luta de Isabela, em coma ininterrupto desde o resgate da caverna onde fora aprisionada. Tinha grandes esperanças de que sua única filha, mais cedo ou mais tarde, recobrasse a consciência.

Após o procedimento de rotina, a mulher se despediu e foi cuidar de outro paciente da ala pediátrica. Como as demais funcionárias, apegara-se àquele homem, em sua luta incansável pela vida da garota. Não era comum a presença contínua do pai no ambiente hospitalar, mas ele era o único parente que lhe restara.

Humberto foi até a janela e observou um casal que saía na direção do carro estacionado na rua, a mulher com uma criança pequena dormitando nos braços. Pensou na esposa, que morrera tentando salvar Isabela. Lembrou o quanto Lidiane era apegada à menina, da qual raramente desgrudava. Recordou as ocasiões em que conversaram sobre as loucuras que estariam dispostos a fazer para livrá-la das ameaças do mundo. Atravessou-o, mais uma vez, a dolorosa sensação de fracasso por não ter podido proteger a filha.

Quantas vezes se culpara por ter sido o responsável pela transferência da família para aquele lugar diabólico! E nem poderia alegar desconhecimento, porque seu avô era de Remanso e contava histórias assustadoras não só sobre desaparecimentos, mortes suspeitas e partos de aberrações, mas também sobre um ser fantástico e ominoso que se escondia nas profundezas. Mas aquela era uma comunidade erguida sobre lendas, e Humberto teimara em desconsiderar essas narrativas que, para ele, não passavam de construtos oriundos da necessidade de proteger as crianças numa terra rústica, dominada por florestas, abismos e lagos traiçoeiros. Imaginava, em sua ingênua civilidade, que aquelas fábulas se destinavam a assustar os filhos e mantê-los longe de problemas e perigos. Algo como o velho do saco ou o bicho-papão, sempre a postos para castigar os pequenos desobedientes. Riu de si mesmo. Em que momento da vida tornara-se cético a ponto de ignorar as múltiplas vertentes da realidade e as inesgotáveis estratégias do mal?

Pensou de novo na menina e na linha tênue que a separava da morte. Especulou, como sempre fazia, se ela teria alguma consciência de sua condição. Imaginou se sonhava. Ouvira falar de pessoas que retornavam do coma e revelavam ter atravessado todo o tempo sonhando, o que lhes permitira suportar a provação. Torceu para que assim fosse.

De repente, escutou um som, quase um gemido, e olhou na direção da cama. Qual não foi sua surpresa ao deparar com os olhos abertos de Isabela, tentando se readaptar à claridade!

Correu para ela, depois para a porta, chamando as enfermeiras, voltando-se novamente para ela, desnorteado e emocionado. Apertou a mão da criança, que correspondeu ao estímulo. Teve a certeza, naquele momento, de que ela estava de volta e de que seria capaz de respirar sem a ajuda do equipamento. O impossível acontecera, conforme previra o médium. Nunca deixara de acreditar!

19

A vista do vale e do céu estrelado estava estupenda naquela noite. Márcio Fonseca não se cansava de admirá-la do varandão da pousada, enquanto apreciava um bom vinho tinto fabricado na região. A temperatura já vinha mudando, e a brisa amena indicava a chegada do outono.

Ao seu lado, Ângela utilizava a tábua de madeira para cortar e organizar as variedades de queijos, mas sua atenção se desviava repetidamente para a filha, sentada no piso retrô avermelhado.

– Por que está olhando tanto para a Clara? – Márcio quis saber.

– Não sei bem, acho que ela está diferente...

– Diferente como?

– Quieta, contida! A convivência com Juliana tem feito muito bem a ela, está mais animada, mais ativa. Diz que a amiga a entende, muito além do que ela consegue expressar. Mas, nos últimos dias, anda esquisita, há tempos não a via assim!

– Voltou a ter pesadelos?

– Não, mas sinto que está agitada, com as antenas ligadas, tentando captar algum sinal! – tornou a olhar para a moça. – Está assim desde o dia do acidente com o casal. Você acha que pode ter alguma ligação?

— Talvez... — ele disfarçou, mas ela o fitou determinada a arrancar uma resposta. — Não queria assustar você, mas pode estar recomeçando!

— Não tente me poupar, Márcio! Clara pressente as coisas, e vamos nos envolver de qualquer maneira. Não temos como evitar!

E então a moça, que parecia absorta na decoração da loja, mas tudo escutava, os encarou muito séria com seus olhos claros, para então retomar seus afazeres sem nada acrescentar. O casal mudou de assunto e seguiu apreciando a noite. Depois de alguns minutos, contudo, ela os interrompeu com uma única e chocante declaração:

— Ele ainda está atrás dela!

Ângela e Márcio a cercaram e a encheram de perguntas, tentando decifrar o significado daquela fala. Mas Clara armou sua concha e se recolheu, irredutível.

20

O médico examinou, demoradamente, o braço e a prótese de Anderson, enquanto Heloísa observava e aguardava.

— Está tudo normal. Não identifiquei nenhum problema.

— Mas e essa comichão? Não acha que já passou tempo demais para começar a sentir isso?

— Há pessoas que demoram para apresentar esses sintomas. É o que se denomina, popularmente, membro fantasma: uma ilusão sensorial resultante da cicatriz nas fibras nervosas do membro amputado. Isso ocorre porque a parte perdida se desmembra do corpo, mas não do cérebro, que funciona como uma espécie de central de comando. Como a amputação foi traumática, também podemos levar em conta os fatores psíquicos. Mas a hipótese fisiológica é, sem dúvida, a mais relevante. A sensação costuma vir associada à dor, mas parece que não é o seu caso. Enfim, costumamos dizer que é o oposto do dito popular: "os olhos não veem, mas o cérebro sente"!

– Isso tem tratamento? – Heloísa quis saber.

– Vou receitar um medicamento para aliviar o incômodo. Mas o mais importante é encaminhá-lo ao fisioterapeuta, com recomendações específicas.

– Tem mais uma coisa... – Anderson hesitou. – Só não quero que pensem que estou ficando louco!

– Posso garantir que não vou achar nada disso! Sei que muitos pacientes, por receio de serem ridicularizados ou desacreditados, escondem essas sensações e acabam não recebendo o apoio necessário.

Anderson respirou fundo e disparou:

– Há momentos em que parece que estou perdendo o controle sobre a prótese. Como se ela ganhasse vida própria e tomasse a iniciativa de fazer coisas que o meu cérebro não ordenou!

O médico não demonstrou surpresa e garantiu que aquela não era uma manifestação incomum para o quadro clínico. Mas Heloísa, que não estava ciente desse sintoma, recordou a conversa com o irmão e sentiu um calafrio percorrer seu corpo.

21

Espremidos no banco de trás da caminhonete cabine dupla, Juliana e Felipe cortavam um dobrado tentando escapar das cócegas e apertões infligidos por Diogo.

– Já estamos chegando? – indagou a garota.

– Faltam uns três quilômetros de subida – Anderson respondeu, enquanto Heloísa tentava, sem sucesso, desviar da buraqueira que não dava folga na estrada de terra malconservada e castigada pelas chuvas.

– Não dava pra ter vindo em dois carros? Tá apertado demais aqui! – Juliana reclamou, a tempo de levar outra descarga de cócegas na barriga.

– Tá pensando o quê, garota? O combustível tá caro! – Heloísa respondeu.

– Sovina! – Juliana retrucou.

Minutos depois, avistaram as casas simples, dispostas em torno de uma espécie de arena de piso batido. Era a comunidade de descendentes dos povos que habitaram a região muito antes da chegada dos "desbravadores" e da instalação das primeiras fazendas. Ali vivia boa parte dos parentes e amigos da velha dublê de bruxa, governanta e protetora dos Cardoso morta no embate com o Naldo.

Foram recebidos por Isidora, prima de Dinorá, que os aguardava ao lado da filha Suema. Anoitecia, e o Sol estendia seus derradeiros raios sobre o lugarejo que, à semelhança do distrito, adquiria uma tonalidade rubro-rosa, enquanto os anciãos se reuniam no miolo da pequena vila, considerado o coração da comunidade. Organizaram-se em dois círculos contidos, com os mais velhos no interno e os de meia-idade no externo. Os jovens não foram convidados, embora alguns curiosos observassem, de esguelha, através das janelas abertas, ornamentadas com flores do campo.

A anfitriã indicou o centro da formação para que o grupo se acomodasse, de costas uns para os outros, eles também formando um pequeno círculo, de frente para os demais. Anderson e Heloísa mostravam-se um tanto constrangidos a participar daquele ritual, mas seus companheiros estavam bastante à vontade; até mesmo Juliana, na qual os olhares dos anciãos fixavam-se de maneira discreta, porém persistente.

Isidora, a mais idosa do grupo, foi a primeira a falar, e o fez com solenidade.

— Sejam muito bem-vindos os amigos de Dinorá, em seu quase descanso na terra dos ancestrais. Acreditamos que, se a nossa amada filha ainda não seguiu seu caminho no mundo dos mistérios e dos mortos, é porque sua missão não foi totalmente cumprida. Estamos dispostos a ajudar no que for possível para que ela possa descansar e para impedir que as forças malignas que habitam este sítio estendam a escuridão sobre o mundo dos homens. O que vieram buscar?

— Não sabemos exatamente o quê. — Heloísa respondeu. — Orientações, estratégias, instrumentos, armas! Qualquer coisa que possa nos auxiliar na luta que se anuncia. Dinorá mandou procurá-los, alegando que ainda têm muito a revelar.

— Foi para você que ela se manifestou? — indagou o homem idoso ao lado da mulher, e Heloísa concluiu que o casal exercia, em comum, a chefia do grupo.

— Sim, através de Suema!

— Isso prova a força do vínculo que ela tem com você! O que mais ela disse? — quis saber o idoso, chamado de Vivica pela comunidade.

Heloísa, tomada pela emoção diante daquela singela frase, teve que fazer um esforço para responder.

— Que o bem também desperta, mas essa parte eu não entendi; e recomendou que trouxéssemos a menina.

Todos olharam, agora sem qualquer disfarce, na direção de Juliana. E as expressões nos semblantes enrugados e serenos continham uma espécie de reverência.

— Precisávamos vê-la assim, de perto! — Isidora justificou. — Ter a certeza de que realmente existe! Quer dizer, Dinorá a trouxe aqui algumas vezes, quando era bem pequenina, mas ela ainda não tinha essa aura de agora. Acho que era uma espécie de proteção, um disfarce contra os perigos que sempre a cercaram.

Ao ouvir esse comentário, Juliana teve um lampejo de sua presença na comunidade. Lembrou-se de uma foto antiga que Dinorá guardava com carinho e na qual ela, com cerca de dois anos, risonha e de flor no cabelo, posava no meio de um amontoado de garotinhas; sua pele muito branca, contrastando com o moreno-jambo delas.

Isidora fez uma pausa teatral e voltou a falar, agora numa entonação didática.

— Nosso povo deteve, durante séculos, o conhecimento necessário para manter esse mal em estado de inércia. Mas tal sabedoria se perdeu, junto com a maior parte da cultura original. Estamos tentando resgatá-la através dos antepassados, porque é como dizem: ou os demônios dormem, ou eles nos devoram! Mas uma coisa também é certa: o mal ressurge quando é invocado, quando é conduzido e reverenciado! — a mulher alertava com veemência, enquanto os demais concordavam com acenos de cabeça e monossilábicas exclamações de aprovação.

– Estão querendo dizer que alguém chamou de volta essa coisa? – Diogo interveio, assustado. – Quem faria isso?

– As mesmas famílias que, desde a criação do primeiro povoado, buscaram a riqueza e o poder desmedido nesta região! Também por isso, a entidade acostumou-se a exigir cada vez mais. Quanto mais sangue oferecem, mais sangue ela quer! É como um vício insaciável!

– Imagino que esteja se referindo aos Cardoso. Mas existem outras famílias envolvidas? Estou tentando compreender a dimensão dessa história, porque não sou daqui – Diogo falou, e a idosa o examinou com olhos perspicazes.

– É daqui, sim, embora não se lembre! Nem teria como – ela asseverou, deixando o rapaz petrificado. – Mas isso agora não vem ao caso – desconversou e se voltou para Felipe.

– Você já pôde ver, não é? – encarou sem pudor os olhos do médium e continuou. – A orgia de devastação e vingança que se aproxima de Remanso! – Felipe fez que sim com a cabeça, sem coragem para falar, e a mulher prosseguiu. – Dinorá tem razão. Ainda temos armas, artefatos antigos que talvez possam ajudar na luta. Também podemos tentar nos orientar sobre a melhor forma de enfrentamento. Podemos, até mesmo, arregimentar nossos jovens, se necessário, pois alguns deles preservaram a índole guerreira! Mas estejam certos de que a arma mais poderosa e letal já está do lado de vocês! – olhou diretamente para Juliana. – E estejam cientes de que essa aberração segue no encalço dela!

– Como assim, segue no encalço dela? – Anderson se alterou. – O Naldo foi destruído, então não há razão para que essa coisa continue perseguindo a minha irmã!

— Não se deixe enganar. Ela, ou parte dela, é o inimigo natural, desde tempos imemoriais em longínquas galáxias. O único ser capaz de encará-lo e não morrer, ou enlouquecer; o único capaz de enfrentá-lo! Foi trazida ao nosso mundo com a missão de restabelecer a paridade de forças: uma entidade cósmica para combater a outra. Sua mãe, a pacificadora, foi o instrumento para fazer dessa descendência um núcleo impenetrável de dissidentes. Por isso foram capazes de matar o pai duas vezes, cada qual a seu tempo. O perseguidor duplamente destroçado, primeiro pelo primogênito; depois, pela filha destinada a ser morta no berço! Juntos representam uma força muito poderosa de regeneração. Dois desertores que não podem ser aliciados, embora carreguem nas veias o sangue maculado dos Cardoso.

Juliana escutava tudo calada, alternando sua atenção entre as revelações do conselho e a figura jovem que, encostada na porta de uma das moradias, acompanhava a narrativa com atenção. E então a mulher fez um gesto e chamou o rapaz, que se aproximou.

— Esse é Upiara, "o que luta contra o mal". Como eu disse, ainda há guerreiros na comunidade. Upiara nasceu um ano depois da menina e, como ela, está destinado a lutar em defesa dos homens!

— Nossa! Enfim um nome indígena! — Heloísa exclamou.

— É, estamos tentando resgatar também esse aspecto da nossa cultura. Dar um basta nesses nomes de brancos, sem significado e sem personalidade!

— Por que nunca ouvimos falar dele? — Anderson quis saber.

— Porque é jovem demais, não está pronto; sua exposição seria um risco demasiado. Assim como a menina não estava preparada quando enfrentou o pai, mas ela é diferente, porque traz o gene do oponente. A força dela vem do Cosmo; a dele vem dos antepassados, daqueles que já descansavam entre os mortos e se levantaram para interceder, porque foram convocados. Ele é um enviado espiritual da tribo, guiado pelas mãos sábias e generosas dos nossos ancestrais.

Todos os visitantes se voltaram para o rapaz, cuja aparência causou espanto e admiração: a pele morena, os olhos grandes e quase negros, os cabelos lisos e pesados que desciam até os ombros. Mas não era só isso: a expressão distante e firme do rosto traduzia uma gama de sentimentos difíceis de interpretar. Até mesmo Felipe, acostumado a ler a alma das pessoas, quedou-se diante de mais um enigma indecifrável, imaginando que ele até podia ser humano, mas, assim como Juliana, não aparentava pertencer a este mundo. Enquanto isso, Anderson, observando o interesse crescente nos olhos da irmã, não conseguia evitar uma preocupação recorrente desde que notara, anos antes, os sentimentos de Gustavo: *Mas não é possível! Outro predestinado! Onde fica o livre-arbítrio?*

22

Com o sacerdote no banco do carona, o delegado se dirigiu, uma vez mais, aos domínios dos Mendonça. Ia com disposição de sobra para confirmar suas suspeitas, despertadas pelo oportuno comentário de Juliana na última reunião. No lugar da assistente, convocou o amigo, acreditando que a presença de Eduardo seria determinante no sucesso da empreitada.

— Sorte a minha você não ter ido à comunidade dos descendentes com os outros! — Márcio iniciou a conversa.

— Acho que serei mais útil na fazenda. Conheço bem a família, Eneida em especial. E Teresa também, até mais do que gostaria! — pensou um pouco e prosseguiu. — Mas não só por isso. A verdade é que a minha presença costuma constrangê-los, deixando-os pouco à vontade para expor assuntos que envolvam sua crença. Muitos ainda associam os membros da Igreja à catequização, quando não à opressão. Certas marcas são difíceis de apagar.

— Mas as coisas, hoje, são completamente diferentes! A Igreja mudou, e você nunca foi esse tipo de religioso.

— Isso não faz muita diferença para eles, que não me conhecem o suficiente. Não devemos esquecer que estamos atravessando tempos difíceis, de intolerância e desrespeito à liberdade religiosa e à diversidade! Não quero atrapalhar os planos dos nossos amigos, porque esse encontro pode ser fundamental na luta que se anuncia. Acredito nisso porque convivi com Dinorá. Sabe que foi graças aos feitiços dela que chegamos à caverna onde o Naldo aprisionou suas vítimas, e também foi ela que nos entregou a arma que o destruiu. Então, não posso duvidar!

— Chegamos!

Márcio Fonseca estacionou o carro na frente da casa, quase ao mesmo tempo em que Eneida Mendonça saía à varanda para recebê-los. Já não estava tão abatida, parecendo ter recuperado parte do viço e da força que sempre a caracterizaram. Não era mulher de se entregar ao sofrimento, por maior que ele fosse.

Ela os cumprimentou e, em seguida, convidou-os para entrar. Após o cafezinho de costume, o delegado foi direto ao assunto.

— A senhora se recorda daquela conversa que tivemos há uns três anos, na noite do incêndio?

— Mas é claro! Falamos sobre os animais e sobre os desaparecimentos.

— Mas não apenas sobre isso...

Ela deu a impressão de buscar um fio da memória e então declarou com alguma ironia:

— Falamos de assombrações!

— Também. Mas, no final, tratamos de um outro tema...

— Percebo aonde quer chegar! – concluiu, tensa. – Sabia que, mais cedo ou mais tarde, isso viria à tona. Não é, padre? – dirigiu-se ao reverendo, que deu de ombros. Afinal, tratava-se de um assunto abordado exclusivamente no confessionário, do qual ele jamais poderia dispor!

— Não tenho nada com essa história, Eneida! O delegado é que está ligando os pontos!

— Tenho certeza disso! Mas me diga, delegado, o que quer ouvir, exatamente? Que o Tiago era filho do José Ronaldo? Que diferença isso fará na sua investigação?

— Muita diferença, sra. Mendonça! Não imagina quanta! – ele enfatizou.

— Pois está confirmado, não vejo mais sentido em guardar esse segredo! Apenas eu e minha mãe sabíamos, mas temo que meu marido, em algum momento, tenha desconfiado. Quando criança, o Tiago não se parecia com o Naldo, embora fosse loiro e robusto. O que não chegava a ser um problema, porque o Luís Carlos também era um tipo nórdico. Com o tempo, percebi que meu filho desenvolvia cada vez mais semelhanças com o pai biológico. Não tanto na fisionomia, mas no gestual, na postura e na personalidade. Inacreditável, não é? Sem nunca ter convivido com ele! A genética é mesmo uma coisa muito poderosa! Às vezes me pergunto se o meu marido também percebeu. Se, às escondidas, fez algum exame. Era médico, não seria difícil para ele. Nos últimos meses, andava se lamentando por ter dedicado a mim os melhores anos de sua vida... – encarou os interlocutores, a fim de perscrutar suas reações.

— Enfim, ao contrário da minha filha, o Tiago não foi planejado. Talvez, involuntariamente, eu o tenha rejeitado. Às vezes, questiono se o comportamento refratário dele seria resultante disso. Outras vezes, acredito que não; que as causas são muito mais profundas e misteriosas! Vai saber? E, agora, deixem-me viver em paz o meu luto! – disse isso e fez menção de se retirar.

— Se não se opuser, gostaria de conversar um pouco com a sua mãe – Eduardo solicitou.

— Fique à vontade, ela está no escritório. Já conhece o caminho!

Enquanto o delegado foi para o jardim, levando sua agenda de couro, o clérigo se dirigiu ao cômodo que comportava a estupenda biblioteca, da qual já tomara emprestados alguns tomos raros e cobiçados. Bateu duas vezes na porta de correr e escutou a voz grave da matriarca, ordenando que entrasse.

— Boa tarde! Vim saber como a senhora está.

A mulher o encarou com olhos pequenos e astutos.

— Sei... Saber como eu estou ou arrancar alguma informação? Agora não desgruda desse delegado, acho até que está virando investigador! Se ele não estivesse enrabichado pela Ângela Almeida, arriscaria dizer que estão de caso! Não seria o primeiro nem o último! Mesmo porque já conhece minha opinião sobre o celibato, uma ficção forjada para resguardar o patrimônio da Igreja Medieval.

O padre revirou os olhos e optou por ignorar a provocação. Conhecia bem a matriarca Mendonça, sua língua afiada e seu humor ferino. Mas achou aquilo um tanto exagerado, até mesmo para ela. Estaria manifestando sinais de demência?

— No momento, não estou interessado, mas quem sabe? O futuro a Deus pertence! E investigador eu não posso negar que sou, só que de uma outra seara!

— Disso também estou ciente! — retrucou a mulher. — Mas, enfim, o que o traz aqui?

— A eterna busca pela verdade!

— Comovente! Mas poderia ser um pouco mais específico?

— Mais específico... — ele coçou a parte de trás da cabeça, como fazia quando se encontrava sob forte pressão. — Tudo bem, serei bastante direto! Quero saber se de fato, e por que, seu neto caiu nas garras de Ablat! — o padre disparou à queima-roupa.

A mulher suspirou, como quem se conforma em ver revelados seus mais obscuros segredos.

— Isso não era para ter acontecido, de jeito nenhum! Não com o meu neto! — enfatizou.

— Por que não com o seu neto? Com os outros, sim? Com os filhos das famílias humildes de Remanso, sim? Mas, com o seu neto, não? — ele ironizou.

— Nós sempre o reverenciamos. Nunca, em momento algum, deixamos de lhe render homenagens!

Eduardo ficou boquiaberto, mas procurou disfarçar. A mulher parecia disposta a falar, como quem já não tem nada a perder, e ele não deixaria passar aquela oportunidade mostrando-se escandalizado.

— Acho que vou querer saber mais detalhes, e um dos que muito me intrigam é o papel dos Cardoso nessa história!

— Não creio que aquela família merecesse tamanha honra! — declarou, enciumada. — A verdade é que Ablat elegeu Cardoso como sua morada, talvez devido à insanidade deles, ou à abundância de água na propriedade, ou às duas coisas... É um mistério, mas quem ousaria questionar os motivos? O certo é que a presença dele foi responsável por ampliar enormemente os domínios do clã! Mas tudo tem uma contrapartida, não é, padre?

— Não estou bem certo disso!

— Ora, padre! Benesses assim não caem do céu! A família teve que ofertar sua cota de sacrifício, é claro!
— Está se referindo a sacrifícios humanos? Escravos? Colonos?
— Com certeza! — ela fez um gesto de desdém com a mão. — Mas não apenas, seria pouco para o tanto que recebiam! Os Cardoso ofertavam os seus! Dispunham-se a isso! Toda essa conversa sobre desaparecimentos, doenças precoces, mortes súbitas de jovens na família, tudo balela! Balela! — repetiu a palavra, enfatizando-a. — Inclusive a lenda sobre a prole incestuosa afogada pelo avô num surto de moralidade cristã! Até parece! — bufou. — Os Cardoso sempre tiveram preferência pelas uniões endogâmicas! Consideravam os casamentos dentro da família como a melhor estratégia para preservar a pureza do sangue e a integridade do patrimônio! Há quem diga que a loucura deles veio daí, e nisso eu acredito! — repetiu o gesto de desdém, como quem pouco se importa e como quem considera a amoralidade uma virtude e uma vantagem. — Mas a verdade é que o mundo foi mudando, dando suas voltas. A velha teoria do pêndulo! Vieram outras gerações, com outra mentalidade. O Honório mesmo não acreditava o suficiente, não se dedicava o bastante! Quando jovem, levado pelo pai, chegou a participar dos ritos, mas depois os renegou e se recusou a transmiti-los. Não se dobrava às práticas do culto, que considerava rústicas e primitivas! Não entregaria os filhos e, se tivesse que fazê-lo, não seria o primogênito, a indez do ninho! Mas Ablat é quem escolhe!

Eduardo a encarava pálido, pois já não conseguia disfarçar seu horror. Ela percebeu, mas não titubeou.

— Não fique tão chocado! Somos como aquelas ervas determinadas, que brotam até das gretas do cimento. Se assim não fosse, como suportaríamos viver neste lugar hostil, nesta terra conspurcada? Este é um mundo obscuro, um território de sombras e de seres ameaçadores! Aqui predominam os sacramentos do mal! Eu pergunto, padre: como não se render a eles?

— Seu servilismo é encantador! O que em nada me surpreende, porque quem se dedica a trabalhos de invocação precisa estar disposto a servir àquele, ou àquilo, que conclama! Sempre me intrigaram os motivos que levam uma pessoa a disponibilizar sua alma com tamanha desenvoltura!

— O senhor não entende, padre! Nem com o vasto conhecimento acumulado em anos de estudos e pesquisas! Está afundado, até o pescoço, no conceito tradicional de mundo imposto pela Igreja Católica; uma visão simplória e maniqueísta da realidade! Não existe o bem e o mal, padre! Só existe o poder, a força bestial que habita esta terra perdida entre as montanhas! — ela o encarou, desafiadora, e então prosseguiu com mais calma. — No passado, os rituais eram realizados a céu aberto, nas clareiras e nas matas, sempre junto das águas. A distância e o isolamento da região ajudavam a encobrir o culto. Depois, com o fortalecimento do Estado e da Igreja, tudo foi se complicando! As práticas pagãs deixaram de ser toleradas, e um sigilo férreo se impôs, demandando um enorme esforço das nossas famílias para preservar a sabedoria milenar que lhes foi confiada. Os sítios ritualísticos foram mantidos, as homenagens seguiram sendo prestadas e os sacrifícios realizados; só que em locais camuflados, invisíveis aos olhos dos leigos e dos agentes religiosos e estatais. E assim permaneceram, geração após geração. Ou, pelo menos, enquanto conseguimos manter vivo o respeito às crenças antigas! — Dito isso, ela se calou.

— E o que acontece quando esse respeito deixa de existir?

— Nem queira saber! — Eduardo pensou ter visto, pela primeira vez durante aquela conversa, um lampejo de medo na face da mulher.

— A senhora fez uma explanação muito interessante, mas não respondeu à pergunta inicial. Por que o seu neto? Seria porque ele também é um Cardoso?

— Foi o meu antepassado, um famoso aventureiro e explorador, o responsável pelo restabelecimento do culto. Em viagens por terras distantes e exóticas, buscou testemunhos e documentos obscuros, muitos deles censurados. Não teve descanso até reconstituir os ritos adequados para invocar a entidade que, havia muito, habitava esta região, a fim de que compartilhasse conhecimento e poder! Ou deveríamos permitir que essa força imensurável ficasse sob o controle dos nativos, um povo sem cultura e sem ambição? Desperdício! — seu rosto se contorceu num esgar, e ela fez de novo aquele gesto de desdém com a mão. — A verdade é que os Mendonça, ao contrário dos Cardoso, sempre se esmeraram em desempenhar seu papel! Meu neto não foi oferecido e, a despeito de ter nas veias o sangue deles, teria que ser respeitado! — Havia revolta em sua fala.

— Então acreditou que a sua família havia conquistado a imunidade? Achou, realmente, que podia transigir com essa monstruosidade cósmica e ignóbil? Julgou, por acaso, que esse deus selvagem honraria um pretenso acordo com seus sacerdotes e seguidores?

Ela observou a paisagem pelo vidro da janela. Pensou em trazer à tona as contribuições da Igreja, por ação ou omissão, em episódios vergonhosos da história da humanidade: sua ganância e intolerância na era feudal, seu flerte com os regimes totalitários europeus do período entreguerras, sua simpatia pelas ditaduras latino-americanas na segunda metade do século XX. Não lhe faltariam exemplos nem argumentos. Mas estava cansada. E estava triste.

— Tudo isso é culpa desse núcleo de renegados, os filhos da maldita Irene! — vociferou, parecendo delirar durante um breve espaço de tempo. – Desde que botei os olhos nela, percebi algo diferente. Toda aquela delicadeza e perfeição! Aquilo não era normal, não podia ser obra do acaso. Tinha que ter um significado, uma finalidade! E agora essa garota, a filha, ainda pior! Uma predadora perfeita, não se iluda! Como esperar algo bom de alguém que nasceu naquelas circunstâncias? Ela deveria ter sido morta no berço! Lembre-se das palavras do Bardo, padre: "As coisas começadas pelo mal somente no mal se tornam fortes"! – discursou, empostando a voz.

– E o ignorante simplório sou eu! – Eduardo exclamou, estupefato. – Sua filha também está envolvida nisso?

– É como eu disse, as novas gerações têm dificuldade em aceitar as velhas práticas – ela respondeu vagamente, dando a impressão de se perder de vez em pensamentos e lembranças.

Eduardo concluiu que não lhe arrancaria mais nada e se retirou, imaginando se estaria mesmo caducando. Seria a única explicação para que se atrevesse a descortinar tamanhas aberrações, e logo diante dele!

Pensou no quanto fora ingênuo, e mesmo preconceituoso, ao imaginar aborígenes em um frenesi de loucura, dançando e gritando ao redor de fogueiras e altares bizarros! Como não percebera o envolvimento daquela elite rural, que jamais deixara escapar uma só oportunidade de chafurdar na lama do poder e da fortuna? Algo que só um culto infame e demoníaco poderia proporcionar, escancarando os portais de uma realidade paralela capaz de erigir, a ilimitados patamares, um esquema secular de superioridade e opressão!

Indagou, em seu íntimo, se Teresa Mendonça teria alguma preocupação com o destino da própria alma ou a de seus familiares. Lembrou-se do velho ditado: "Não há prazo que não vença nem dívida que não seja cobrada". Não tremeria ela diante da possibilidade de haver-se condenado, e aos seus, a vagar eternamente num mundo amorfo e sem luz? Será que a prepotência de classe a levara a crer que as regras da outra vida se assemelhariam às desta, e que não haveria tribunais imparciais para julgá-los nem guardiões isentos para barrá-los nos portais? Que a riqueza terrena asseguraria o dote necessário à travessia ou que as vultosas doações à Igreja funcionariam como uma espécie de compra de indulgências?

Não tinha respostas para tantas e tão complexas questões, que insistiam em martelar sua mente. Sentiu asco.

O PASSADO

SEGUNDA INTERSEÇÃO
ADORADORES

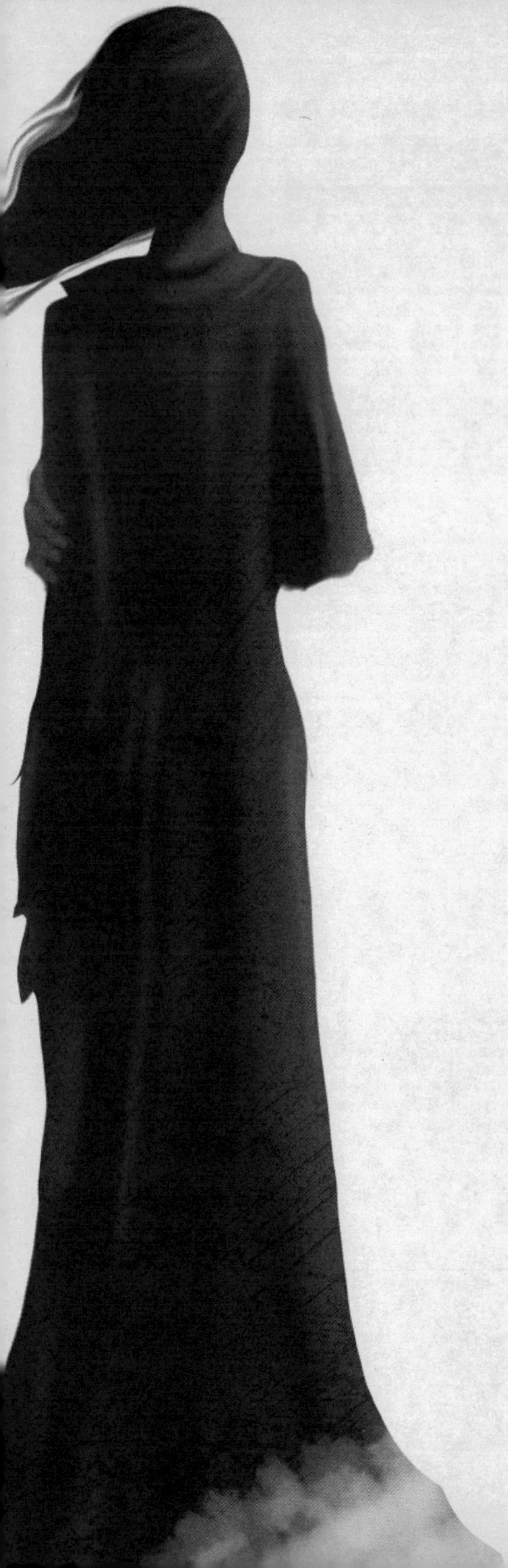

Glicério Cardoso, Teodoro Mendonça, Leocádio Monteiro e Trajano Pontes admiravam a câmara secreta, com seu gigantesco altar escupido em pedra, cercado pelo lago subterrâneo de águas turvas. Faltava pouco para concluírem a escavação dos túneis que interligariam aquele espaço sagrado às quatro maiores propriedades da região, o que representaria a solução para a continuidade do culto à deidade obscura que habitava o solo, a floresta e as águas daquele pedaço amaldiçoado de mundo, sítio de horror encravado entre as montanhas espectrais.

O esforço sobre-humano, dedicado à insalubre tarefa no subsolo, absorvera toda uma década e mais de uma centena de vidas escravas: um preço alto para a primeira metade do século XIX, mas aceitável diante da magnitude do projeto. Os que haviam sobrevivido às cruéis condições estavam irremediavelmente condenados, porque de forma alguma seus proprietários permitiriam que retornassem ao convívio dos demais trabalhadores das plantações e dessem com a língua nos dentes, era sabido que aquelas peças não conseguiam guardar segredos!

Seria uma perda gigantesca, tratando-se de exemplares especialmente fortes e aptos para o trabalho pesado; mas inevitável sobretudo diante do compromisso assumido de sacrificar os remanescentes em honra de Ablat, como prova de lealdade e como manobra para aplacar sua fome por um longo período.

Foi então que Teodoro Mendonça trouxe à baila a peculiar sugestão que, sabiam os demais patriarcas, provinha da mente astuta de sua esposa Hortência. Fingiram, entretanto, acreditar ser dele a brilhante ideia; não por delicadeza, longe disso! Mas porque, naquela conjuntura, o que importava era reduzir os danos.

O plano era ardiloso e consistia no seguinte: vender esses trabalhadores robustos e valiosos para regiões distantes, de onde jamais retornariam e onde eventuais comentários sobre a misteriosa empreitada careceriam de significado. Substituí-los por escravos mais velhos, de pouca serventia para o trabalho, mas ainda gerando despesas com alimentação. Disponibilizá-los em maior número, para não correr o risco de despertar a ira da suscetível deidade. Por fim, e para assegurar que o sacrifício estivesse à altura, acrescentar crianças à oferenda, de preferência as franzinas, com menores chances de sobrevivência, o que seria tarefa fácil tendo em conta os altos índices de desnutrição, doenças e mortalidade.

Engendrava-se, assim, uma espécie de burla, porque aquela gente nem quando negociava com os deuses se dispunha a agir com retidão!

E dessa forma foi acordado e depois consumado.

Nas maiores e mais promissoras fazendas da região, escravos adultos foram separados de suas famílias, vendidos e despachados para terras longínquas; anciãos foram retirados das senzalas a pretexto do vergonhoso e inédito instituto da liberdade tardia; crianças foram arrancadas das mães sob justificativas mercantis.

Ah, o horror!

Quem viu e ouviu contou que a montanha estremeceu, que o solo transpirou sangue e que os rios tingiram-se de vermelho. Contou que aquelas terras foram maculadas, em definitivo, pela nódoa indelével da ignomínia e da maldade. E que desse episódio infame nasceu a coloração escarlate, que, a cada inevitável entardecer, tinge inclemente o distrito e alimenta sua mítica reputação.

23

Ester e Gustavo estavam exaustos após três dias dedicados à montagem da clínica veterinária, bem como do apartamento no andar superior. Ainda não haviam discutido a possibilidade de morar juntos. Até porque, como bibliotecária concursada na universidade da capital, não seria tarefa fácil obter transferência para o interior.

Encomendaram uma pizza e a devoraram em poucos minutos, acompanhada de um bom *merlot* para relaxar. Depois ficaram abraçados no colchão inflável, porque a cama box só seria entregue na manhã seguinte. O rapaz já aguardava o momento em que a namorada abordaria o assunto inevitável, pois não era de sua natureza protelar discussões.

– Meu Deus, o que é aquela criatura? Trabalho há anos na universidade e tive a oportunidade de conhecer dezenas de mulheres maravilhosas, de todas as idades. Mas nunca vi nada que se assemelhasse a ela! Sem brincadeira, sou obrigada a reconhecer que, mesmo com toda a produção, me senti um zero à esquerda. E ela de jeans, camiseta de malha e cara lavada! Insuportável! – a moça bufou, levando Gustavo a rir de tamanha sinceridade, para depois encará-la com a expressão muito séria.

– Escute, Ester! Você não tem que se comparar com ninguém, muito menos com a Ju!

– Que conversa é essa de "muito menos com a Ju"? – a moça empostou a voz para repetir a frase. – Ela não é a sua ex? É normal eu me comparar, isso é coisa de mulher!

— Isso é coisa de disputa, de rivalidade! Cadê a tão apregoada sororidade feminina?

— Desintegrou-se assim que eu coloquei os olhos naquela garota!

— Não se desgaste com isso, Ester. Juliana não pertence a este mundo. Depois de quase dois anos, percebi que ela nunca estaria por completo numa relação. Não nasceu para isso, veio destinada a outra coisa! Não há espaço para o amor na vida dela; não para o amor na forma clássica, na versão romântica. Sabe que não foi fácil para mim, deixei claro o quanto eu gostei dela, desde a infância. De certo modo ainda gosto, mas agora de um outro jeito, entende?

— Não totalmente. Vai ter que explicar melhor...

— Com ela, eu tinha a sensação de estar dentro de um castelo de romance. Só que ela era a fada; e eu, um duende! Um personagem periférico, sabe? Mais ou menos como é o meu papel na família e na fazenda, apesar do apoio que sempre recebi. — Ele esboçou um sorriso meio torto e continuou. — É claro que os mistérios deste lugar são capazes de ofuscar qualquer história de fantasia, como você já deve ter notado. Até o clima é diferente de todo o entorno. Diogo, que é o mais espirituoso, costuma dizer que encontrou aqui o seu oásis de umidade e maldade!

— Mas é o seu lugar, o lugar ao qual você pertence! É aqui, apesar de tudo, que você pretende construir a sua carreira e a sua vida! — ela argumentou.

— Porque neste solo estão fincados os meus vínculos mais profundos. Como estacas, sabe? Mas não se engane: este lugar esquisito prende a gente! Em breve você sentirá o poder! E eu acabarei me beneficiando disso, pois quero viver aqui ao seu lado. Porque com a gente é diferente, é uma relação de igual para igual, e hoje me sinto muito bem com isso. Então, não precisa ficar insegura. Juliana faz parte da minha vida e sempre fará, mas não da maneira que imaginei. O papel que nos cabe, nesse enredo, não é o de um casal.

A moça se emocionou com aquela declaração que, contudo, não aplacou sua curiosidade.

— E quanto aos poderes de cura dela? Funcionam também em humanos?

— Ela nunca testou. Diz que não é curandeira e que só possui o dom de fortalecer as plantas e os animais. Acho que não quer ter poder de vida e morte sobre as pessoas nem se transformar na milagreira do Remanso. É responsabilidade de mais para alguém tão jovem, mesmo se tratando dela!

Ester pareceu se conformar e acabou adormecendo nos braços do parceiro. Desde que chegara àquele lugar, sentira uma estranha calma, uma entorpecente quietude que imaginava proveniente de algo que se encolhe e aguarda, como uma fera à espreita.

O falatório na rua principal os despertou no meio da madrugada. Imaginaram alguma tragédia e desceram as escadas de roupão para escutar do vizinho a insólita notícia de que três objetos voadores não identificados haviam sobrevoado o distrito, para êxtase dos turistas ensandecidos.

As naves misteriosas teriam cruzado o firmamento em alta velocidade, estacionado enquanto piscavam durante alguns minutos e, por fim, voltado a deslizar, para então desaparecer no horizonte. Bocejando, o homem de meia-idade gracejou que, nas próximas semanas, o fabuloso Remanso se fartaria com insuperáveis relatos de contatos imediatos e abduções.

E, enquanto Ester mostrava-se fascinada com os espantosos acontecimentos daquela vila perdida onde o tédio não tinha vez, Gustavo já se esforçava para desvendar o significado do fenômeno que, havia muito, não se manifestava.

24

O grupo de jovens aguardava no local previamente combinado, perto da cachoeira do Véu da Noiva Abandonada. Não eram amigos, mas estavam hospedados na mesma pousada, por isso embarcaram em conjunto na promissora aventura.

O contato com o guia fora efetivado pelo telefone, o que era incomum. Em geral, eles se apresentavam pessoalmente nos hotéis. Mas Magno – esse era o suposto nome – garantiu que os levaria ao local exato da próxima aparição, o que representava um incentivo mais que suficiente para os afoitos turistas!

Estranharam a abordagem do rapaz, que pareceu emergir da floresta como por encanto. Estranharam o fato de não estar paramentado e equipado, como era de esperar. Mas nada disso importava, desde que cumprisse o prometido e os possibilitasse realizar seu intento.

Caminharam cerca de duas horas montanha acima, numa trilha estreita e escorregadia que cortava a densa vegetação. O percurso era mais extenso do que imaginaram a princípio, ultrapassando os limites do distrito. Dos sete componentes originais, um rapaz e uma moça ficaram para trás; e também nesse aspecto o grupo estranhou a postura do guia, que seguiu adiante sem lhes dispensar atenção. Afinal, não eram alpinistas! Entre eles, não deveria prevalecer a regra de abandonar os retardatários para evitar maiores perdas. Relevaram, contudo, em prol do objetivo maior.

Não se decepcionaram. O crepúsculo rubro desceu sobre a floresta e os alcançou numa área íngreme da serra, onde as visagens se manifestaram em toda a sua exuberância e glória!

Quando retornaram, já era noite alta, e o casal de retardatários não mais se encontrava na trilha, nem nas proximidades. Mas também não fizeram caso disso, convencendo-se de que haviam desistido de esperar e tomado o rumo do vilarejo. E o tal guia seguiu oferecendo, a preços justos, seus serviços diferenciados e exclusivos. Sua única condição era encontrar os clientes na floresta, e nunca nas pousadas, sob a justificativa de que a concorrência era agressiva, e sua licença estava irregular.

Camuflado entre as árvores, Upiara observava aquela estranha movimentação. Criado no seio da floresta, não frequentara a escola do distrito, como as demais crianças e adolescentes da comunidade. Sua educação ficara a cargo dos anciãos, Isidora e Vivica em especial, a despeito dos protestos da assistente social, forçada a se dobrar em respeito à exigência de permanência dele no solo sagrado, no contexto de resgate da religiosidade original. Representava o antigo Xamã, o Pajé, um líder espiritual em formação, argumentavam os sábios, a fim de evitar celeumas. Mas tanto os idosos quanto o rapaz sabiam que não era bem assim.

Embora relativamente resguardado, participava da vida comunitária como qualquer garoto da sua idade. Vestia as mesmas roupas simples, com predominância das bermudas, camisetas, moletons, tênis e chinelos de dedo. Tinha permissão para fazer uso limitado do computador e do celular, porque, no entender dos anciãos, era importante que estivesse conectado à sua época; mas nem havia necessidade de controle, porque as atividades digitais não o estimulavam especialmente. Seu berço era a mata, sua mãe era a terra, sua diversão eram os treinos de arco e flecha com os remanescentes guerreiros, que, contudo, acreditavam que a especial habilidade no manuseio da lança era seu maior talento. Upiara era um combatente, mas era também um protetor, um escudo.

Ele não tinha pressa. A paciência era uma dádiva que recebera dos antigos, assim como muitas outras. Também não questionava se era ou não merecedor de tantos dons. Estava profetizado, e isso lhe bastava!

Possuía a capacidade de irmanar-se aos animais, penetrando suas mentes, o que lhe permitia ver, ouvir e conhecer o inusitado. Voar com os pássaros era uma experiência impressionante, embora ele preferisse mergulhar com as lontras nas águas silenciosas e barrentas do Rio das Dores por ocasião das cheias, quando aquele mamífero tímido se aventurava mais; ou correr com as onças pela mata que ciciava segredos obscuros e profanos a todos os seres vivos, porque conhecia todas as linguagens.

A despeito dessa forte ligação com a fauna silvestre, não podia interferir em sua natureza e destino. Nem mesmo com propósitos altruístas, porque lhe era vedado pelos ancestrais.

Upiara sentira, desde que se entendera por gente, a força nefasta que se instalara naquela terra, na terra dos seus antepassados. Não vivenciara a paz, porque seu nascimento coincidira com as primeiras manifestações do espectro de Naldo. Trazia, contudo, memórias da serenidade de outros tempos, de outras vidas, de eras distintas nas quais seu povo fora detentor de conhecimentos capazes de preservar a coexistência pacífica da humanidade e seus pérfidos deuses. Tempos marcados por uma espécie de acordo, um tipo de encantamento, uma magia poderosa a ponto de manipular os elementos grotescos que, milênios antes, estabeleceram morada naquele solo, naquelas águas e naquelas matas.

Isidora e Vivica acreditavam que Upiara seria capaz de resgatar tais ritos e tal controle, restabelecendo a longa e necessária trégua, que seria capaz de arremessar o inimigo de volta ao sono, evitando o perecimento da espécie humana. Mas ele, embora não revelasse, tinha consciência de que essa expectativa não se concretizaria.

Sabia que aquele mal jamais voltaria a se recolher, jamais retornaria ao estado de inércia! Isso não seria mais possível, por uma simples razão: seu inimigo, agora, estava entre os humanos. Nascera naquelas terras, fruto de uma inesperada e incomum transigência: um providencial desequilíbrio na tediosa cadeia natural das espécies.

Por isso a paz não seria mais uma opção.

Por isso Upiara viera ao mundo um ano depois dela.

Ele era seu duplo, seu gêmeo e seu contraponto. E, chegada a hora, de nada adiantariam os alertas dos idosos para que se mantivesse afastado e não se arriscasse em demasia. Nascera, acima de tudo, para a luta! Sua missão primordial era combater, e não acalantar aberrações intergalácticas!

Mas isso ele também não poderia revelar. Mesmo porque, naquele lugar, todos guardavam segredos. Até os anciãos, até ele, até ela! Ela em especial!

Porque ele a vira em incursões noturnas na pedreira, no círculo de rochas, na entrada da Caverna da Boca Retorcida. Acompanhara as luzes e a aproximação discreta das naves, observara o treino e o aprendizado. Mesmo à distância, aprendera também, respaldado na máxima de que o conhecimento tecnológico ou se desenvolve ou se rouba.

Upiara tinha esse dom, o dom da visão, do qual seus orientadores tinham relativa ciência, mas cujo alcance desconheciam. Podia enxergar o espírito de Dinorá vagando pelas matas, pelos caminhos, vigiando, guardando, protegendo ainda; reproduzindo antigos hábitos dos quais não conseguira se libertar. Ressentia-se por vê-la em vida, e agora na morte, cumprindo a missão que lhe fora atribuída. Como um autêntico representante da nova geração, ressentia-se especialmente por vê-la ainda atrelada àquela oligarquia, seus dramas e tragédias, seus vínculos perturbadores com o oculto! Condoía-se, porque, afinal, o que é um fantasma, senão uma pendência mal resolvida? Chegada a hora, cuidaria de auxiliar a guardiã incansável na necessária travessia!

Seus dons também lhe permitiam constatar e admirar a reverência de todos os seres vivos – animais e vegetais – diante de Juliana, como se acompanhassem seus movimentos e aguardassem sua intervenção. Como se percebessem, por instinto, que sua sobrevivência como espécie dependia dela, coisa que os humanos, em sua ignorância e prepotência, não logravam dimensionar.

Esses mesmos dons possibilitavam-lhe distinguir aquilo que, fosse-lhe possível, furaria os próprios olhos para evitar. Como os aturdidos fantasmas do casal de turistas vagando, desorientados e lentos, pelas trilhas irregulares, mortos recentes acreditando-se vivos. Ou a essência do mal transitando, desenvolta e quase materializada, pelas veredas verdejantes e insanas do degenerado Remanso!

25

Juliana saiu da rede onde tirava um cochilo após o almoço de sábado, aproveitando a folga do colégio e dos treinos. Atravessou a sala onde Felipe e Diogo assistiam a um documentário e subiu as escadas à procura dos sobrinhos. Passou pela suíte do casal, que dormia abraçado na cama, mas não viu as crianças. Encontrou-as no quarto, sentadas à pequena mesa, brincando de casinha. Estranhou a calmaria e se aproximou.

– Vocês estão tomando café?

Os pequenos sacudiram a cabeça afirmativamente, e Juliana continuou.

– Hum, que delícia! Posso tomar também?

Olharam um para o outro, e a menina consentiu, aprovada pelo irmão.

– Pode!

– Estão esperando mais alguém? Porque temos quatro xícaras aqui...

– Você! – Maxím se apressou em responder.

– E ela! – a pequena Irene acrescentou, pegando a boneca do chão e depositando na cadeira vazia.

A tia achou graça da situação, mas foi logo tomada por uma incompreensível sensação de desconforto. *Como eram precoces aqueles pirralhos*! A mãe, respaldada em sua vasta experiência como professora, ponderava que as crianças de hoje eram assim mesmo, devido ao excesso de estímulos. Mas aquela característica, que tanto orgulhava pais e avós, causava-lhe estranhamento.

Após o tempo necessário à degustação do café imaginário, levantou-se e retornou à sala de tevê.

– Vocês vão dormir aqui hoje?

– Ainda não decidimos. Helô arrumou o quarto de hóspedes, mas preciso trabalhar num projeto atrasado – respondeu Felipe. – Por quê?

– Sei lá. Estou achando essas crianças meio esquisitas...

– Antes do almoço, elas estavam olhando muito para a parte externa do jardim, na direção da mata. Também estranhei, mas depois achei que era cisma minha! – Diogo revelou.

– Viu? Não estou delirando! – ela se dirigiu a Felipe.

– Falou com Anderson e Helô?

– Não quero preocupá-los, posso estar enganada.

– Tá bom, já entendi. Vamos ficar e observar.

Juliana voltou para a rede, sentindo-se um pouco mais tranquila, enquanto o casal continuou a conversa.

– O que você acha? Ou melhor, o que diz o seu famoso sexto sentido? – Diogo indagou.

– Ainda não sei. Pode não significar nada, mas é melhor não correr riscos desnecessários – Felipe ponderou.

Um vento frio atravessou a sala, anunciando o outono e levando Diogo a buscar a jaqueta no cabideiro. Juliana se apressou em entrar na casa, surpreendida pela súbita mudança de temperatura.

– Vou colocar um casaco nas crianças – ela falou e subiu correndo as escadas.

– E não é que ela virou uma tia amorosa? Pelo menos quando não está de mau humor! – brincou Diogo.

– Quem diria! – respondeu Felipe, rindo.

A noite caiu, a temperatura voltou a subir e todos se reuniram na varanda para conversar e devorar uma farta tábua de frios, acompanhada do vinho tinto manufaturado na fazenda.

– Sou um grande apreciador de queijos e embutidos, e essa azeitona preta está um arraso! Mas confesso que sinto falta dos pratos quentes da Dinorá! – Diogo falou, provocando Heloísa.

– Não seja por isso! Fique à vontade para assumir o fogão e o forno, porque à noite não tenho ajudante – ela respondeu sem pestanejar, e todos sacudiram a cabeça em repúdio, cientes de que aquele não era o ponto forte do rapaz, que, embora eventualmente acertasse, praticava uma espécie de cozinha experimental, mostrando-se incapaz de repetir uma receita ainda que bem-sucedida.

– Melhor não! – ele concluiu, enfiando na boca mais um espetinho sacanagem, receita da década de setenta montada com tomate cereja, queijo, presunto e azeitona. – Tá ótimo assim! – falou com a boca cheia, fazendo as crianças gargalharem.

— Pare de ensinar maus hábitos aos meus filhos! — Heloísa o repreendeu inutilmente, porque, quanto mais ela ralhava, mais palhaçadas ele fazia.

Seguiram conversando, até que Juliana, sem que os demais percebessem, cutucou Felipe e fez um sinal na direção das crianças, que desenhavam compenetradas na mesa baixa de madeira, sobre a qual havia quatro canecas de suco.

— Quem vai beber esses sucos? — a tia perguntou, bancando a inocente, enquanto se aproximava com Felipe.

Mais uma vez os irmãos trocaram olhares, e foi Maxím quem respondeu.

— Vocês! — abriu um sorriso encantador e estendeu as canecas com as mãozinhas rechonchudas. Embora a irmã fosse a líder, o menino era mais sedutor, com seus cílios enormes e aquela única lágrima irresistível e gorda, que, quando necessário, escorria-lhe no meio da bochecha.

Diogo e Felipe despediram-se por volta das vinte e três horas, mas foram surpreendidos por uma discreta batida na porta assim que se recolheram aos aposentos. Era Juliana, que buscava uma oportunidade para conversar com franqueza, longe dos ouvidos das crianças e dos pais.

— E não é que esses pestinhas estão mesmo escondendo algo? — Diogo logo se manifestou, pois acompanhara com atenção a abordagem aos sobrinhos.

— É, parece que sim! — Felipe respondeu, pensativo.

— Então, Felipe! Você, que é formado em psicologia, explique para mim! — Juliana falava com aquele jeito brincalhão e ao mesmo tempo desafiador, que incorporara nos últimos anos e que já se tornara parte integrante da sua personalidade. — Crianças de dois anos *mentem*? — enfatizou a última palavra.

— Se não estou enganado, essa é exatamente a fase em que elas podem começar a mentir, porque é quando iniciam a construção da personalidade e passam a externar suas vontades. Só não é uma coisa elaborada, porque não têm o desenvolvimento necessário para isso.

— Pode explicar melhor? — Diogo pediu.

— Veja bem, o ato de mentir requer um trabalho cognitivo complexo, que envolve a linguagem, a percepção, a manipulação. Porque não basta mentir: é preciso convencer! E essa capacidade só vem mais tarde, lá pelos seis ou sete anos. Mas crianças pequenas também mentem. Só que, nesse caso, a mentira costuma estar ligada a uma certa confusão entre realidade e imaginação. Como uma forma de resposta a algo que elas não compreendem, sabe? É quando elas criam mundos irreais e seres fictícios!

— Estamos falando de amigos imaginários? — Juliana pareceu alarmada.

— É um pouco cedo para isso, são mais comuns aos quatro ou cinco anos. Mas, sei lá, pode ser! Com esses dois, não duvido! — Felipe especulou.

— Amigos imaginários no *Remanso do Horror*? — a garota, mais uma vez, deu ênfase à frase. — Vocês sabem o que isso pode significar?

O tempo pareceu permanecer em suspenso enquanto seus olhares se cruzavam, processando o conteúdo daquela hipótese.

— Acho melhor procurarmos o padre! — Diogo despejou.

— Essa é uma boa ideia. Mas, de qualquer forma, precisamos saber o que está acontecendo. E, levando em conta o fascínio daqueles dois por você, é a pessoa mais indicada para arrancar a verdade! — Felipe falou, dirigindo-se a Juliana. — Trate de agir e fique atenta!

26

Com movimentos suaves, mas seguros, Ângela exercitava em Márcio as técnicas recém-adquiridas no curso de massoterapia.

— Você sabe mesmo o que está fazendo, amor? — perguntou o delegado, entre divertido e provocativo.

—. Cale a boca e tente relaxar, se é que isso é possível! Seu pescoço e suas costas estão lotados de nódulos de tensão. Daí as dores, os suores e o desconforto!

— Adoro quando você me dá ordens! Fica muito sexy!

Puxou a namorada para um beijo repentino, o que a fez perder o equilíbrio e rodopiar sobre ele. Quase foram ao chão e ficaram rindo, abraçados.

— Está atrapalhando o meu trabalho! — ela ralhou, e ele a puxou de novo para si, mas um choro e um chamado entrecortado interromperam o clima.

— Clara? — a mãe pronunciou o nome da filha e disparou na direção do quarto.

Márcio a seguiu preocupado, mas logo constatou que se tratava de um pesadelo, porque a mãe a abraçava e tentava acalmá-la. Achou melhor deixá-las sozinhas e foi para a cozinha. Tirou a rolha da garrafa de vinho do jantar, que já estava pela metade, e serviu parte do conteúdo numa taça. Recostado de roupão na varanda do apartamento privativo, cercado por mandalas, sinos de vento e apanhadores de sonhos, pensou que poucas vezes na vida sentira-se tão satisfeito, apesar das dores tensionais e do perigo à espreita, elementos que já haviam se tornado parte da sua rotina. Seria aquele lugar endemoniado o seu verdadeiro pedaço de mundo? A sua peculiar Shangri-la?

Na manhã seguinte, a chegada de Juliana à pousada, num sábado, às nove da manhã, surpreendeu o casal.

— Nossa! Madrugou, hein? — Ângela brincou da sacada, enquanto Márcio apenas acenou com a mão e sorriu, concentrado demais no café da manhã para se levantar.

— Combinamos de visitar Isabela! — Juliana explicou.

— Essa é uma ótima notícia! Vou chamar a Clara.

— Não precisa, mãe! Já estou pronta! — Clara descia as escadas num galope para encontrar a amiga. Nem parecia a mesma que sofrera com pesadelos na noite anterior.

— Gente, que mudança súbita de comportamento! — Márcio comentou depois que as duas partiram. — E por falar nisso, ela contou sobre o sonho?

— Disse que sonhou com o Escondido. Era como ela chamava o Naldo. E também... — ela hesitou.

— E também... — Márcio insistiu.

— Com os gêmeos dos Cardoso. Mas não lembrava os detalhes, porque estava tudo confuso e nebuloso. Espero que não esteja escondendo nada!

Márcio soltou um assovio sob o olhar preocupado de Ângela.

No hospital, enquanto as duas garotas se ocupavam de Isabela, Humberto divagava no refeitório diante de uma xícara fumegante de café. Lembrou-se das muitas pesquisas que fizera sobre a ortotanásia e, ao menos naquele momento, assaltou-o uma sensação de alívio por haver esbarrado nos limites éticos e legais que a prática ainda enfrenta no país. Sentiu-se grato ao padre e, acima de tudo, a Felipe, o paranormal cuja recomendação salvara a vida de sua filha.

Desviou sua atenção para Josiane, a bela enfermeira que acabara de entrar no salão. Ela também o viu, mas não sustentou o olhar, decerto por entender inadequado flertar com o pai da paciente mais paparicada da ala pediátrica. Atitudes assim seriam facilmente tachadas de oportunistas, como se pretendesse tirar proveito do momento de fragilidade da família. Mas não conseguia disfarçar por completo seu interesse por Humberto, nascido e cultivado no convívio diário e no cuidado amoroso e incessante que ele dedicava à filha. Admiração e piedade: seriam esses os verdadeiros componentes do amor?

Humberto voltou para o quarto e tomou um susto ao encontrar Isabela sentada na cadeira, enquanto uma concentrada Juliana lhe massageava os pés, e Clara cantarolava em seus ouvidos uma canção suave e misteriosa, esmerando-se em longas e elaboradas tranças nos castanhos cabelos da menina. Abriu um largo sorriso ao perceber a alegria estampada no rosto da filha e se retirou de mansinho para não atrapalhar o momento especial. Retornou revigorado ao refeitório, imaginando se Josiane ainda estaria em seu horário de almoço.

27

Eduardo encarava, entre eufórico e desolado, a enorme mesa onde fora servido o lanche da tarde, preparado por Suema e Heloísa com o auxílio de Juliana, de Clara e da babá Daniela, o novo trio calafrio do pedaço! Por um momento, teve a sensação de que Dinorá irromperia na sala de jantar com um pano de prato pendurado no ombro, proferindo impropérios como só ela sabia! Sentiu uma pontada de saudade da velha bruxa e suspirou. Depois suspirou mais uma vez, imaginando por quanto tempo conseguiria manter a balança quatro quilos e meio abaixo da média, com toda aquela irresistível oferta de geleias e bolinhos de chuva e mandioquinhas e pães de queijo. Sua amiga Helô estava se saindo melhor que a encomenda, embora ele suspeitasse que a função da professora na cozinha estivesse mais para a coordenação do que para a execução.

Gustavo e Ester, envolvidos com a inauguração da clínica veterinária, não estariam presentes naquela tarde, mas haviam ficado incumbidos de investigar os misteriosos objetos voadores avistados no distrito.

Terminado o farto lanche vespertino, acomodaram-se na acolhedora sala de estar os Quatro do Remanso, além de Diogo e Juliana. Márcio Fonseca permaneceu de pé para dar início à explanação.

– Bom, vou direto ao assunto, porque não há tempo a perder. São dois os pontos que chamaram a nossa atenção nos últimos dias. Você pode explicar, padre?

– É claro. – Eduardo ergueu-se em atenção ao pedido do amigo.

Essa movimentação não passou despercebida e levou Diogo a sorrir para Juliana, achando graça no roteiro ensaiado dos dois, algo que se transformara num hábito dos últimos anos! A dupla dinâmica, como ele os apelidara, remetendo à dobradinha de defensores de Gothan; ou a Sherlock e Watson; ou a Guilherme e Adso, do clássico O *Nome da Rosa*. Tudo dependia do contexto! Ao contrário da cunhada, o rapaz adorava as alcunhas. Via nelas um autêntico sinal de afeto, lamentando apenas a dificuldade para identificar o papel que cabia a cada um dos amigos, dado o elevado grau de vaidade intelectual compartilhado por ambos.

– O primeiro é o desaparecimento de dois turistas, um homem e uma mulher. Estavam hospedados numa pousada do distrito, mas foram vistos pela última vez integrando uma dessas expedições tresloucadas em busca dos espectros – Eduardo deu início e fez um sinal para Márcio, que engatou a sequência.

– Mas não foram os únicos. Outros cinco desaparecimentos foram reportados em cidades vizinhas, cuja investigação não compete à minha equipe.

– Como assim? – Anderson quis saber.

– São fatos ocorridos nos territórios de outros municípios e até de outros estados, pois esta é uma região de entroncamento. Por isso, estão fora da minha jurisdição.

– Então não temos como conhecer o resultado preliminar dos inquéritos? – perscrutou Anderson.

– Também não é assim. Estou buscando informações com os meus colegas. Afinal, para que serve o corporativismo? – sorriu, orgulhoso da própria tirada. – Mas nem sempre é fácil justificar meu interesse, porque não posso lançar mão de argumentos sobrenaturais. Seria como tentar explicar o inexplicável! Sem mencionar que não tenho qualquer ingerência sobre as investigações. Dá pra acreditar? Vou te contar, nem parece obra do acaso!

– Acha que é proposital, para tirar você da fita? – foi Diogo quem perguntou. O delegado deu de ombros, e o outro especulou.

– Mas isso revelaria um alto grau de sofisticação! Nossos inimigos estão se aprimorando, precisamos correr atrás do prejuízo!

– Há outro detalhe importante – Eduardo falou e fez sinal para Márcio. Diogo piscou e sorriu, dessa vez para Heloísa, que segurou o riso diante do que costumava chamar de didatismo do amigo de infância.

– Bem, não sabemos o que isso significa, mas quatro dos desaparecidos tinham registros criminais! – o delegado falou.

– Que espécie de registro? – Heloísa indagou.

– Delitos sexuais. Patrimoniais também, do tipo violento. Nada leve, tá? E atos infracionais análogos.

— O que é isso? — Anderson perguntou.

— Práticas equivalentes a crimes, cometidas na infância e na adolescência e reprimidas em estatuto próprio — Márcio esclareceu. — Em resumo, todos ficha-suja, embora ainda jovens.

— Só faltava essa! Nosso monstro agora é um justiceiro? — Diogo ironizou.

Foi quando Felipe, que se mantivera compenetrado e mudo até aquele momento, levantou-se num ímpeto, como quem acaba de ter um lampejo.

— Sei o que está acontecendo!

Todos se calaram, esperando alguma espécie de revelação, que não tardou a vir.

— Não estão apenas caçando para se alimentar. Estão aliciando soldados!

Vários pares de olhos arregalados se fixaram nele em expectativa, levando-o a ser mais específico.

— Estão formando um exército!

28

Após a partida dos amigos, Juliana e Heloísa permaneceram na sala escutando as lamentações de Anderson, inconformado, porque, ignorando o parentesco com Tiago, não teve a chance de ajudar o irmão.

— O que foi? — falou em tom áspero com Juliana, que revirava os olhos diante do que considerava um discurso enfadonho.

– Meio-irmão! – ela enfatizou. – E deixe de ser dramático! Não sabia e não tinha como saber! Pare de se culpar por tudo, você não detém a exclusividade dos pecados do mundo!

– Ele era seu irmão, também! – ele refutou.

– Sim, era! Do verbo não é mais! Morreu, possivelmente virou um monstro e provavelmente teremos que matá-lo de novo! Simples assim! – Saiu batendo a porta e deixando Anderson boquiaberto.

– Errada ela não tá! – Heloísa reconheceu, ignorando o olhar fulminante do marido e indo ao encontro de Juliana, que, no jardim, estacava diante de uma inusitada cena.

Era Daniela, a jovem babá, que lutava para segurar Maxím enquanto chamava de volta a pequena Irene, que se postara de pé no extremo da piscina, iluminada pelo frígido reflexo da lua insistente em se exibir, precoce e pálida, no entardecer escarlate do distrito.

A mãe e a tia se aproximaram da criança, que não desviava os olhos da floresta, como se hipnotizada por alguma força invisível que emanava das sombras, algum murmúrio que latejava naquela realidade paralela e selvagem, fonte impenetrável de angústia e terror.

Helô tomou a filha nos braços e procurou, em vão, identificar o objeto de sua atenção, enquanto Juliana encarava um ponto específico da mata. Assim permaneceu por um longo minuto, uma expressão perplexa estampada no rosto branco e suave como a neve. Não havia dúvida de que enxergava algo deveras espantoso que os olhos humanos da professora não eram capazes de captar.

Então Juliana se virou e, esboçando um sorriso triste, deixou escapar uma frase enigmática em meio à calmaria incomum que tomou conta da tarde.

– Negra como a noite...

29

A motocicleta superava, com audácia e determinação, a buraqueira da estrada de chão que levava à comunidade dos descendentes indígenas. Diogo pilotava com destreza, treinado nos muitos anos em que trabalhara como entregador para se sustentar e custear a faculdade de enfermagem.

No vilarejo, Isidora já o aguardava ao lado de Vivica, mas dispensou o companheiro e sentou-se sozinha com o rapaz na pequena varanda da casa simples, de formato idêntico às demais. Diogo imaginou que seriam casas populares destinadas a acomodar aquele agrupamento residual de indivíduos, expoliado de seus territórios originais pelas famílias de fundadores, responsáveis pelo estabelecimento dos primeiros povoados e dos latifúndios característicos da região. Sentiu uma pontada de tristeza diante da invisibilidade daquele povo que, embora aculturado, lutava para resgatar e preservar seus autênticos valores. Pensou em pedir detalhes sobre o assunto, mas preferiu focar o verdadeiro motivo de sua visita.

— Imaginei que você retornaria! — disse a mulher.

— Não tinha como ser diferente, o que ouvi da senhora naquele dia calou fundo! Aquele negócio de que eu sou daqui, mas não me lembro. Porque tudo o que mais desejei nesta vida foi conhecer a minha família. Acho que ninguém se conforma com a total ignorância quanto às suas raízes.

— Tem certeza de que quer saber? Não é exatamente uma história feliz...

— Certeza absoluta! E história feliz não tinha mesmo como ser. Afinal, passei minha infância em instituições e a maior parte da juventude morando de favor nas comunidades em que as mães, que muitas vezes não tinham o suficiente para os próprios filhos, nunca me negaram um teto e um prato de comida!

— Sim, a figura materna sempre se manifesta nas nossas vidas, não é? De uma maneira ou de outra. E sorte daquele que se depara com muitas mães em sua jornada! Ainda que não conheça a de sangue, como é o seu caso.

— A senhora conheceu a minha mãe?

Ela fez que sim com a cabeça, e Diogo se preparou para ouvir a verdade que buscara durante toda a sua existência.

— Sua mãe era descendente da única sobrevivente do massacre dos túneis!

— Massacre dos túneis?

— Lembra que mencionei as famílias responsáveis pelo despertar do mal?

— Lembro, é claro. Mas o que isso tem a ver?

— Há túneis interligando as maiores propriedades de Remanso. São como extensas veias que atravessam o subsolo rural do distrito, repletas de sangue e terror!

Diogo não pôde deixar de arregalar os olhos e pensar no sonho de Felipe.

— Mas quem construiu esses túneis, e para quê? Alguma espécie de tráfico?

— Só se fosse de almas! Isso foi na primeira metade do século XIX.

— Ah tá! Viajei...

— Até poderíamos pensar em escoamento de minério, não é? Ouro, escapando dos impostos da Coroa! — Ela sorriu com simpatia e continuou. — Mas, não, esse nunca foi o forte da nossa região. E nem se dariam a tanto trabalho para isso!

— Então, qual era a finalidade?

— Os túneis eram a passagem secreta para uma grande câmara de culto ao deus maldito deles! Um disfarce para esconder a prática de rituais pagãos inaceitáveis na época!

— Caraca! Mas quem os construiu?

— Quem custeou e tocou a obra foi uma espécie de associação entre as famílias mais poderosas da região: os Cardoso, os Mendonça, os Monteiro e os Pontes. Mas quem pegou no pesado foram os escravos, é claro! E depois ainda foram descartados para garantir o segredo da coisa toda. Muitos morreram no trabalho penoso dos túneis. Outros foram sacrificados, idosos e crianças, menos valiosos. Os antigos contam que apenas uma menina escapou dessa chacina, não se sabe bem como. E essa sobrevivente era uma antepassada sua!

— Como a senhora sabe de tudo isso?

— Essa história passou de geração em geração, mas não sabíamos quem era esse descendente nem onde estaria. Foi Dinorá quem conseguiu, por meio dos ancestrais, confirmar as suspeitas de que você era, de fato, quem esperávamos: o Quinto Protetor! Não foi fácil, porque as informações eram vagas. Sabe como é, no mundo espiritual não existe exatidão.

— Essa história do Quinto Protetor eu já sei, Dinorá sussurrou no meu ouvido antes de morrer. Mas ainda não entendi como esses fatos se relacionam com a minha mãe.

— Ablat é um deus exigente e vingativo, não admite que escapem ao seu poder! Na ótica cósmica dele, e na lógica doente de seus seguidores, os humanos não passam de servos e alimento, e todos devem se mostrar dispostos ao sacrifício em sua honra. Então, qualquer insubmissão é uma afronta e uma ameaça! Mais dia, menos dia, ele irá revidar!

— Então, tudo isso tem a ver com o fato da minha parente ter conseguido fugir dos túneis?

— Sim, sua família foi marcada. Muitos de seus membros adoeceram, crianças morreram de forma inexplicável. Por isso, sua mãe deu um jeito de esconder que estava grávida e depois sumir com você daqui. Pretendia deixá-lo em segurança, longe dessas terras. Mas alguma coisa saiu errada, e os dois desapareceram, mãe e filho! É só o que eu sei.

Diogo olhava para ela, estarrecido diante das revelações. Uma sensação reconfortante de alívio invadiu seu peito ao compreender que não fora rejeitado ou abandonado. Seus sentimentos agora se dividiam entre o desejo de conhecer melhor o passado e a preocupação com sua atual família e com os amigos.

— Mas, se é assim... — ele relutou — ...se esse monstro jamais esquece, o que será da família Cardoso e dos outros que o enfrentaram? E de Clara? E da menina Isabela, que também escapou dele?

A mulher respirou fundo antes de responder, como se a constatação provocasse-lhe dor.

— Existe um cerco de proteção em torno dos Quatro do Remanso, obra de Dinorá e dos espíritos ancestrais na época da morte da Irene. Mesmo assim, não sei como ainda estão vivos! Todos carregam a marca. Estão jurados!

— Até o padre?

— Ele também!

— E Juliana? — Diogo perguntou e a viu, enfim, abrir um sorriso carregado de esperança.

— Ela não! Ela é feita de outro material. Não pode ser marcada! — a mulher respondeu, e seus olhos, já um tanto embaçados pela catarata, brilharam tenuemente.

O PASSADO
TERCEIRA INTERSEÇÃO
MARCADOS

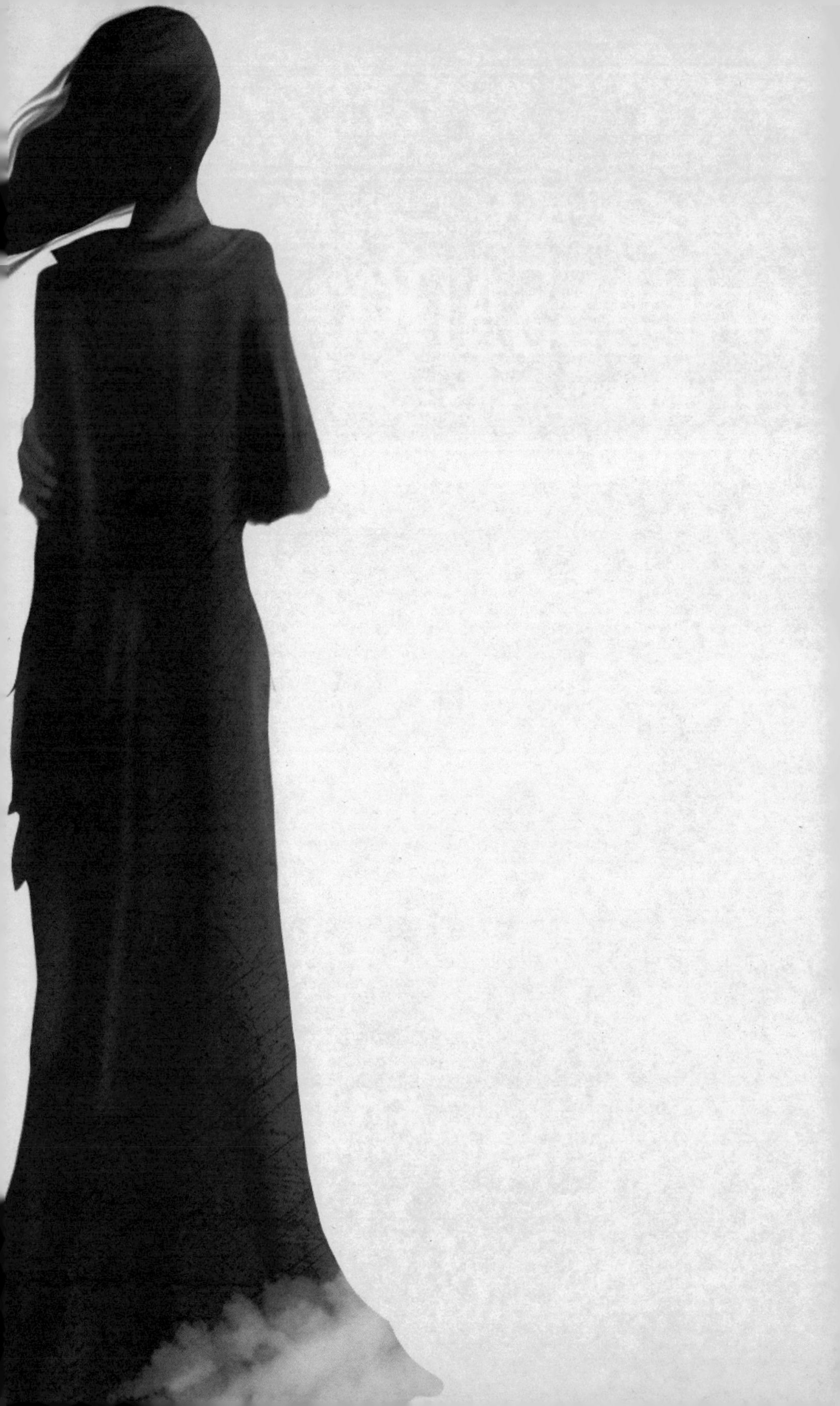

Madalena estremeceu ao sentir no rosto a rajada de vento frio que atravessou, como um sopro pestilento, a janela aberta do ônibus. Observou a paisagem serrana, cujas trilhas e cachoeiras tão bem conhecia, percorridas em incontáveis expedições com o pai na busca por diferentes espécies de borboletas. Imaginou que aqueles insetos delicados e multicoloridos sintetizavam a sua infância livre, feliz e insciente dos perigos obscuros que, desde sempre, rondaram a ela e ao seu lar.

Olhou para o pequeno ser acomodado em seus braços, que, embrulhado numa manta de lã azul-celeste, dormia aquecido e alimentado, indiferente às turbulências que o destino já traçara na sua futura e incerta trajetória de vida.

Mirou, no vidro da janela, o reflexo do próprio rosto. Não era bonita como a mãe, mas herdara a pele aveludada e negra como o ébano, a despeito da tez morena e do verde profundo dos olhos do pai que, na improvável teoria da tia Jovina, dera origem à tonalidade caldo-de-cana de sua íris. Ou seja, o matiz incomum dos seus olhos seria resultante da fusão do tom castanho-escuro da mãe com o verde do pai, uma tolice genética sem fundamento que a tia insistia em defender!

Madalena era jovem, mas naquele momento sentia-se cansada e um tanto desesperançosa. Estava prestes a fazer algo inconcebível, mas absolutamente necessário! Em sua mente, recapitulou os acontecimentos dos últimos meses, que a arrancaram de sua rotina e a lançaram, sem paraquedas, naquela situação extrema.

A doença psiquiátrica da mãe. Os pesadelos, os gritos e aquele pavor inexplicável da água enregelavam seu sangue e a faziam desejar, sem que ousasse explicitar, que o pai decidisse pela internação temporária. Mas ele nunca o fez e cuidou dela até a fatídica manhã em que seu corpo foi encontrado boiando no açude, poucos meses após o surgimento dos primeiros sintomas.

Depois veio o acidente do pai, numa trilha da floresta que, desde menino, enfrentara. Tonico não conseguia explicar, a contento, a improvável queda. Uma noite, já fragilizado pelas dores e pelas crescentes restrições de locomoção, confidenciara à filha ter sido empurrado por uma mão sobrenatural, com a ressalva de que jamais confirmaria essa versão diante de nenhuma outra pessoa. Não pretendia ser tachado de louco! Madalena alfinetou o pai, defensor ferrenho do liberalismo, pontuando que a mão invisível do mercado viera reivindicar sua alma; mas a reação pouco amistosa dele à piada a fez se calar. Debilitado pelo acidente e pelo excesso de analgésicos e antinflamatórios, faleceu poucas semanas depois em decorrência de grave cardiopatia.

Por fim, a morte dos recém-nascidos na família. Três, para ser exata. Não ao mesmo tempo, é claro, mas em intervalos curtos o suficiente para despertar suspeitas. Todos aparentemente saudáveis, pré-natal normal, genitores fortes.

Foi o bastante para uma reunião dos mais velhos e para que Madalena fosse compelida a revelar a gravidez, até então mantida em sigilo por ela e pelo namorado. Pobre Vítor, um estudante urbano arremessado naquele turbilhão de desgraças e mitos associados ao passado da família!

Marcados. Seu pai e sua mãe detestavam essa palavra, que os mais velhos insistiam em empregar como uma espécie de alerta. Um aviso de que a paz, para eles, seria sempre passageira! Eram os descendentes da outra Madalena, a Madá, única sobrevivente do sangrento episódio dos túneis. A menina franzina que se escondeu no fundo das águas subterrâneas, respirando através de um junco; e que, depois de três dias testemunhando horrores, conseguiu se esgueirar pelo labirinto até encontrar a saída. A criança que, por força da sorte, da habilidade ou do destino, escapou das garras do deus iracundo ao qual fora ofertada em sacrifício, junto a dezenas de outras.

Predestinação. Nessa outra palavra poderosa residia o drama de Madalena, uma garota moderna cujo nome tradicional homenageava a antepassada. Passado e presente voltavam a se misturar, implacavelmente, naquele pedaço perdido e enigmático de mundo.

Porque existia uma profecia: a lenda centenária do Quinto Protetor, que nasceria incógnito nas últimas décadas do século XX. Desconheciam o período exato, como também ignoravam quem, ou o quê, deveria ser guardado e protegido; segundo as lendas, era algo que ainda viria ao mundo. Mas garantir a segurança desse ser idealizado tornara-se o maior objetivo de seu povo, sua mais significativa missão na Terra.

Madalena suspirou. Era tudo abstrato e intangível. Ressentiu-se da ausência daquilo que, de fato, nunca estivera ao seu alcance: o conhecimento autêntico de sua gente, oriunda do grande continente do lado oposto do Atlântico. Mas ela também fora criada para respeitar as tradições, embora essa reverência descompromissada nunca lhe tivesse cobrado um preço, a despeito dos relatos de eventos trágicos e inexplicáveis na família, que ela, tola irresponsável, interpretara com ceticismo e atribuíra, em boa medida, ao folclore.

E então, de uma hora para a outra, apresentavam-lhe uma promissória; um título de crédito autossuficiente e incontestável, com seu nome e o valor a ser quitado. Sentiu na mente e no corpo o legado de sofrimento do seu povo, que ela bem conhecia, porque lhe fora ensinado; mas que acreditava pertencer a um passado remoto e perdido. Ledo engano. A violência reiterada e a injustiça levada a extremos ganham vida, tomam forma e atravessam gerações, num gigantesco clamor de redenção que se amplifica no tempo e no espaço, moldando as almas e condicionando os passos de toda uma descendência! Percebeu-se atada assim como os seus e assim como o bebê que trazia nos braços; ele, talvez, mais que todos, caso as suspeitas se confirmassem!

Desprovida da rede familiar de apoio e contando somente com a proteção da avó e dos demais anciãos, que a alertaram para o perigo de permanecer com a criança, Madalena fora orientada a se recolher a um local seguro, mantendo em sigilo a gestação e o parto.

E agora estavam naquele ônibus, mãe e filho, documentos falsos na carteira, seguindo para a capital, onde Vítor os aguardaria e onde entregariam o filho aos cuidados de familiares do rapaz. Retornariam depois, separadamente, para não despertar suspeitas. Aguardariam por um tempo indeterminado, até que a teoria fosse confirmada ou descartada, para, nesse caso, trazer o menino de volta.

Essa era a expectativa de Madalena. Uma convicção, ou um anseio, no qual apostava todas as suas fichas: a esperança de que o filho não fosse o guardião prometido. Porque afastar-se dele configurava, para ela, o sacrifício máximo a ser exigido!

Enfim adormeceu.

Madalena nunca chegou ao seu destino. Nem percebeu o momento em que o motorista, no horário aleivoso do crepúsculo, avistou um vulto encapuzado atravessando a estrada. No esforço de desviar, acabou por arremessar o ônibus numa pirambeira, provocando, além da própria morte, a de todos os catorze passageiros!

Todos, exceto um recém-nascido embrulhado num casulo de manta azul-celeste, milagrosamente enganchado nos galhos de uma árvore na encosta, de onde foi resgatado pelo cuidadoso trabalho do corpo de bombeiros.

A criança, jamais identificada ou reivindicada, recebeu o nome Diogo e permaneceu sob tutela estatal. Em decorrência dos entraves burocráticos para a adoção, bem como das exigências seletivas dos interessados – que se aprofundavam na medida em que a idade avançava –, viu sua infância e adolescência transcorrerem no interior das instituições públicas. Atingida a maioridade, conseguiu com esforço concluir o ensino médio e, trabalhando como entregador e com o apoio de famílias da comunidade onde passou a morar, ingressou na faculdade de enfermagem.

30

Ester viu-se tomada por um estranho sentimento enquanto percorria as ruas irregulares e íngremes do distrito. O casario antigo e colorido, o comércio rústico e charmoso, a tonalidade marsala que já se insinuava, anunciando o desfecho do dia, tudo lhe trazia um misto de insegurança e conforto. Riu dessa improvável coexistência que, contudo, representava a melhor tradução das emoções contraditórias que aquele lugar proporcionava.

Perguntava a si mesma o que fazia ali, montando uma clínica veterinária, pensando em pedir transferência do trabalho e – essa era a parte mais inacreditável – dando os primeiros passos na investigação da qual ficara incumbida, em parceria com Gustavo! Enfim, plenamente inserida nas celeumas do temerário Remanso e apostando todas as fichas num relacionamento que já se provara pouco confiável e muito, muito arriscado. Risco de morte, mesmo! Ou ela já se esquecera do grave acidente na biblioteca? Teve vontade de estapear a própria cara!

Suspirou e seguiu adiante, na direção da Pousada dos Inocentes, achando sugestivo o nome. Aproximou-se de duas garotas de vinte e poucos anos, um casal homoafetivo que relaxava na bonita área de lazer, decorada com pedras e um bem-cuidado jardim suspenso. Puxou conversa, como se quisesse obter informações a respeito da hospedagem.

As duas se apresentaram como Alma e Aida, e Ester gostou da combinação dos nomes, imaginando se seriam artísticos. Contaram que haviam se conhecido anos atrás, naquela mesma região, que frequentavam durante as férias com as respectivas famílias. Retornaram atraídas pelos rumores das aparições, mas foram surpreendidas pela presença dos discos voadores, um fenômeno que não se manifestava havia anos. Estavam em êxtase pela oportunidade de presenciar tais ocorrências, já que eram ambas entusiastas de UFOs e também do esoterismo, ao qual se dedicavam profissionalmente nas redes sociais, com milhares de apoiadores e seguidores.

Ester as achou receptivas e aproveitou a oportunidade para estender o assunto. Ficou sabendo que a extrovertida Aida, antes da viagem, havia estabelecido contato telefônico com um certo guia, que – corria à boca miúda – seria o único capaz de garantir o encontro com o casal sobrenatural. O preço já estava bem acima da média, mas valeria a pena. O serviço era bastante restrito, porque ele fazia questão de levar poucas pessoas.

Notou, na perceptiva Alma, alguma preocupação com os mistérios que rondavam o homem, que se identificava apenas como um emissário (de quem?) e se recusava a manter contato presencial. Mas a empreitada era importante para os negócios, além de representar uma realização pessoal, razão pela qual decidira relevar.

Viu quando Aida se aproximou de Alma e a abraçou com afeto, chamando-a de exagerada e argumentando que essas excentricidades, decerto, integravam o *marketing* dele, numa manobra esperta para eliminar a concorrência.

Ester simpatizou com elas e, a princípio, concordou intimamente com Aida. Mas se lembrou de onde estavam e acabou por reconhecer pertinentes os temores de Alma!

Sobre os óvnis, confirmaram que os últimos registros do fenômeno datavam de dezoito anos antes. Gabaram-se, sorridentes, da própria sorte! Trocaram números de telefone, a fim de seguir compartilhando informações.

A bibliotecária também achou que teve sorte na sua primeira incursão como investigadora, satisfeita por fazer amizade com duas jovens profissionais do ramo esotérico, um tipo bastante representativo entre os frequentadores do distrito. Saiu da pousada animada e, ao descer a ladeira onde se concentravam várias lojas destinadas aos turistas, deparou com uma portinha sem placa que não havia notado antes, embora se vangloriasse de ser muito atenta. Na frente, postava-se uma senhora de aparência rara, uma mistura instigante de traços indígenas, negros e brancos, com olhos verdes amendoados. *Quase uma síntese do país!*, – pensou.

A mulher acenou com a cabeça como se a conhecesse e fez sinal com a mão para que entrasse, ao que ela, uma compulsiva escavadora de objetos curiosos e antigos, obedeceu de pronto!

Lá dentro, a estranha observou a moça se encantar com as miniaturas talhadas em madeira, representando exemplares da fauna brasileira. Ela também se interessou pelas representações de armas, embarcações e ocas, além de reproduções detalhadas de cenas das caçadas, danças e outras da rotina dos habitantes originais da região. A singularidade e a perfeição daquele artesanato, que destoava das manufaturas locais, despertaram a atenção de Ester, que ali teria permanecido por muito mais tempo, ignorando o desvanecer dos lampejos purpúreos da tarde, lenta e ardilosamente substituídos pelo negror da noite perturbada do distrito. Mas a misteriosa senhora, bela com sua pele escura, suas rugas suaves, seus cabelos grisalhos e seu vestido cinturado de estampas floridas, olhava para a rua com preocupação e, a certa altura, fez sinal novamente, convidando-a a atravessar uma porta discreta no fundo da loja. A moça aquiesceu e a seguiu, estranhando as próprias atitudes, pois não era de seu feitio confiar nas pessoas com tamanha facilidade.

O cômodo pequeno de paredes irregulares aparentava ter sido escavado numa pedreira, do tipo destinado a acrescentar um espaço para servir de depósito. Era como ingressar na câmara secreta de uma taverna medieval. Ester sentiu-se estranha, como se cruzasse um portal para outra dimensão, mas ainda assim persistiu. A mulher media cada uma das suas reações, como se certificando de que não sairia correndo de uma hora para a outra. Pareceu satisfeita com o que viu e acendeu uma espécie de lampião pendurado na parede, pois não havia luz elétrica naquele reservado.

Foi então que a bibliotecária pôde ver o objeto na parede, sobre uma grossa prateleira de madeira, sustentada pelas mãos-francesas mais fortes que já existiram!

Era uma espada de comprimento médio, que a mulher retirou de seu local de repouso, ergueu em atitude reverencial e estendeu para ela, que muito se surpreendeu com a aparência e a leveza do artefato. Não tinha a brutalidade das armas medievais nem a delicadeza traiçoeira das usadas pelos espadachins, tampouco a curvatura agressiva das orientais. Não parecia antiga nem moderna; nem mesmo parecia forjada em metal. Não! O material esverdeado da lâmina lembrava mais uma pedra, que Ester também nunca vira, embora já tivesse se dedicado a pesquisas sobre armas brancas por curiosidade sobre traumatologia forense e pelo apego aos seriados de investigação criminal. Lembrou-se, num estalo, do que Gustavo havia falado sobre o punhal que destruiu o Naldo. Sentiu-se orgulhosa por já estar relativamente a par dos mistérios daquele lugar; por já se mostrar capaz de estabelecer os elos nos momentos de necessidade. Afinal, conhecimento era tudo! Sorriu intimamente. Escolhera a profissão perfeita!

Estendeu os braços para devolver a arma à anfitriã, que sacudiu a cabeça em negativa. Ficou olhando para ela com um ponto de interrogação no rosto, a espada acomodada nas palmas das mãos. Então a mulher, que se expressara muito com os gestos e pouco com a voz, falou de maneira suave, mas incisiva:

– Está por sua conta agora!

– Como assim?

– Isso mesmo que você ouviu. É a guardiã a partir de hoje!

– Espera aí, deve haver algum engano...

– Não há engano. Nós estamos aguardando você há dias. – Dizendo isso, foi retornando para o interior da loja, com a moça atrás, meio desorientada.

– Nós? Quem somos "nós"? – A mulher encarou Ester, já um tanto impaciente.

– Você é a moça dos livros, a que tudo encontra. A companheira do filho dos Santos. Conhece a história: a família que perdeu a criança, a criança que perdeu a família. Laços que não se rompem. Sabe perfeitamente a quem se destina essa arma! – Ester a encarava com os olhos arregalados, sem acreditar no que ouvia.

– Mas por que eu? Agora por acaso virei protetora? E logo de quem? – A mulher revirou os olhos.

– Ora, deixe de tolices! Não percebe o que está em jogo? – Notou que Ester titubeou, e prosseguiu. – Também estranhei quando soube, mas hoje compreendo. Tinha mesmo que ser você, os outros estão visados demais! E, cá entre nós, e agora falo de mulher pra mulher: ela é fabulosa, não é? Não há adjetivo que melhor se enquadre! – Esquadrinhou o rosto contrariado da interlocutora e então concluiu: – Mas fique tranquila, ela não é para ele! Está destinada a outras coisas!

Ao cruzar as ruas do centro, com seu calçamento de pedras irregulares e sua iluminação precária, a espada ardendo sob a sofisticada parca marfim, Ester se imaginou vigiada e perseguida por inimigos implacáveis. Mas nada aconteceu. Superado aquele trecho e até alcançar a clínica veterinária, sentiu-se estranhamente protegida, como se uma redoma invisível a cercasse e força alguma pudesse atingi-la, humana ou não.

Naquela noite, ficou combinado que ela guardaria o artefato num local que julgasse seguro, e que nem a Gustavo revelaria, até que se fizesse necessário.

Retornaram na manhã seguinte em busca da loja misteriosa, apenas para constatar que não existia, e que nenhum comerciante jamais conhecera uma mulher com as características descritas por Ester.

31

Clara acompanhava a pequena Irerê, que brincava no jardim, enquanto Maxím era seguido de perto por Juliana. Da janela, Suema olhava a cena, desconfiada. Nunca vira aquelas meninas tão grudadas nas crianças. *Ali tinha coisa!* Notou as discretas trocas de olhares entre as duas, que nunca haviam precisado de palavras para se comunicar. E isso não era apenas uma metáfora para expressar o poderoso vínculo de amizade construído nos últimos anos: era literal mesmo, um caso raro de telepatia! Raro, mas não surpreendente, em se tratando da encantada Juliana e da misteriosa Clara! Suema ouvira de um especialista, num noticiário da tevê, que muitos autistas se revelam indivíduos extremamente inteligentes, dotados até mesmo de capacidades telepáticas devido à aguçada percepção sensorial. Seguiu observando, pois sabia que não conseguiria extrair nada delas: eram duras na queda!

Anderson permanecia trancado no escritório. Andava tenso e irritado nos últimos dias e mais escorregadio que de costume. Suema percebia que a prótese o incomodava, vira-o coçar o braço repetidas vezes. Ficou preocupada, mas afastou tais pensamentos. Não tinha filhos e se recusava a assumir o papel de Dinorá naquela família maluca! Por outro lado, detestava se sentir excluída das novidades, era uma das muitas características que tinha em comum com a prima falecida. O jeito seria apertar Heloísa quando voltasse do colégio. Achava mais fácil extrair informações dela do que de qualquer outro, porque a professora era dona de um temperamento forte, porém franco e previsível. Ao contrário dos demais, que pareciam estar sempre dissimulando, sempre escondendo alguma coisa.

Lá fora, Diogo e Felipe chegaram para se juntar às garotas e às crianças, e suas expressões continham traços de indagação quando se dirigiram a Juliana. Sabiam que, se ela não mencionara nada, era porque ainda estava avaliando a situação. Contudo, a ansiedade falou mais alto.

— Estamos aqui há duas horas e não notamos nenhuma manifestação, nenhuma presença — Juliana relatou, aplacando a visível curiosidade dos dois. — Mas percebo que Clara está agitada, sente alguma coisa no ar. E as crianças estão tranquilas demais, não é o perfil delas. Podem achar que estou exagerando, mas sinto como se estivessem tramando algo! Estamos de olho, embora possa não ser nada.

— Aqui, quase sempre é, sim! — Felipe falou. — Não existe nenhum outro lugar onde as sensações devam ser levadas mais a sério! E já nem é apenas uma intuição, porque você viu o espectro feminino e sabe que está rondando a casa!

Diogo já estava com os gêmeos, que não se embolaram com ele como de costume. Felipe notou que estavam mais contidos, tal qual feras domadas. Como se, num curto espaço de tempo, tivessem amadurecido. Sabia que o companheiro ficaria sentido com a frieza da recepção, mesmo ciente das prováveis interferências externas. Tudo o que dizia respeito às crianças o abalava excessivamente, o que angustiava Felipe. Desconcertava-o aquela ânsia exagerada por constituir uma família nos moldes tradicionais. Sabia que as uniões homoafetivas estão sujeitas a reproduzir os acertos, mas também muitos dos erros das convencionais. É claro que desejava filhos, mas não eram a sua prioridade, e temia que, para Diogo, esse desejo estivesse se transformando numa obsessão; mais ou menos como aqueles casais que esgotam a relação em corridas desenfreadas pelas clínicas de fertilidade. Para Felipe, o mais importante era o amor que nutriam um pelo outro, e não tinha a menor intenção de permitir que esse sentimento se esvaísse!

O médium afastou essas elucubrações e tornou a observar os sobrinhos, percebendo-os realmente mudados. Sempre haviam sido muito unidos, como era de esperar, mas a situação agora era diferente. Como se estivessem mancomunados! Como se dependessem da aprovação um do outro para cada gesto. Como se seus movimentos fossem sincronizados.

Pensou naqueles nomes fatídicos e teve vontade de bater na irmã e no cunhado, embora ciente de que a escolha deles não faria muita diferença. Pensou também nos umbigos enterrados no solo profano da Cardoso, em respeito a uma vetusta tradição familiar, e teve o impulso de escavá-los com as próprias mãos. Mas teria que usar seus poderes para identificar o local secreto e achou que não valeria o esforço. Preferiu deixar para lá, porque, o que quer os rondasse, com certeza já se aproximava e teria vindo de qualquer maneira! Felipe sabia disso e torcera para que demorasse mais. Queria ganhar tempo, a fim de que as tenras personalidades dos sobrinhos estivessem melhor consolidadas; a fim de que pudessem ter sido preparados, ainda que precariamente, para resistir às influências sobrenaturais. Mas isso não fora possível, não se treina uma criança de dois anos! Agora era enfrentar!

Voltou de novo seus pensamentos para o parceiro. Mesmo depois de cinco anos de convivência, era raro que permanecesse muitos minutos sem pensar nele, o que o surpreendia e encantava. E imaginou se, à semelhança de Anderson no passado, não teria ele próprio desenvolvido uma certa resistência à ideia da paternidade: à perspectiva de cuidar de alguém, estando destinado ao precipício; à temerária possibilidade de arrastar, para o olho daquele furacão, um ser inocente!

32

Jussara mordia o lábio inferior enquanto aguardava a reação de Márcio Fonseca, que, mãos na cintura, próximas ao coldre, engolia em seco e fulminava com os olhos os dizeres estampados no portal de entrada do distrito.

Sabia que poderia ser repreendida, mas, preocupada com a paralisia e a raiva malcontida do chefe, tomou a iniciativa de ligar para Eduardo, que chegou em dez minutos com Felipe e Diogo.

E ali ficaram os cinco, olhando embasbacados para o portal que ostentava, em letras góticas e garrafais, o alerta sinistro:

"SEJA BEM-VINDO! Aqui é o império dos mortos!"

— Gente! Será que o prefeito andou visitando as catacumbas de Paris? – Diogo quebrou o silêncio.

— Para mim, ele anda é vendo filmes de terror de mais! — opinou Jussara.

— Esse tipo de coisa sempre cobra um preço! — Felipe vaticinou.

— Não vamos exagerar! — amenizou o padre. — Está certo que é tosco, afrontoso e totalmente desnecessário! Mas não vai mudar muita coisa, a meu ver.

— Como não? Isso é mais um chamariz, e dos bons! Esse maldito Carlão e sua corja só fazem atrair mais turistas pra cá! As redes sociais da prefeitura não param de alardear o sensacional turismo místico do distrito, e esses jovens malucos vêm voando como mariposas na direção da luz, prontos para serem fritados! E eu que me vire pra correr atrás do prejuízo! — Márcio Fonseca bufava, e sua raiva se intensificou ao ver chegar mais um ônibus lotado.

Enquanto isso, Ester recebia uma mensagem de Aida avisando que a tão esperada excursão fora confirmada para aquela noite, e que o grupo se reuniria na Tronqueira, perto do Mirante da Perdição. Aida achou o nome criativo, mas Alma o interpretou como um mau presságio, razão pela qual a namorada precisou argumentar, brincando, que a referência era apenas ao "perder o fôlego" diante da paisagem deslumbrante! Até porque, ali, todos os pontos turísticos tinham um toque sombrio: Abismo Sinistro, Ravina Suicida, Chiado Macabro, Caminho da Menina Morta, Véu da Noiva Abandonada. Era parte integrante e inseparável do charme insólito do lugar!

Ester ainda tentou ingressar no grupo, mas não havia vagas, pois o guia mantinha-se fiel às restrições quantitativas estabelecidas no acordo. Então optou por observar à distância, contando com a vantagem da companhia de Gustavo, que conhecia bem a região.

Anoiteceu, e os dois, escondidos com binóculos atrás das árvores, vigiavam o agrupamento integrado por seis jovens ansiosos, entre eles as novas amigas de Ester. Em dado momento, um homem surgiu de dentro da mata e se aproximou dos turistas. E qual não foi a surpresa de Gustavo ao reconhecer ninguém mais, ninguém menos que o desaparecido Mateus Ribeiro!

Aproximaram-se um pouco, a fim de confirmar a identidade do misterioso guia. Ester fez menção de sair do esconderijo e se juntar a eles, ao que o namorado se opôs veementemente.

– Ora, você o conhece, podemos ir até lá! Ele não vai se incomodar! – ela argumentou.

– Escute, Ester! As coisas aqui não costumam ser exatamente o que parecem! Eu o conheço, sim, desde pequeno, estudamos no mesmo colégio. Mas ele está desaparecido há dias, a mãe desesperada, a polícia promovendo buscas! E o bonito aqui, bancando o guia turístico! Isso está muito estranho, você não acha? Vamos continuar escondidos e ver no que dá!

Observaram, à distância, algo que pareceu se constituir num impasse, porque uma das moças havia levado o *pet*: uma vira-latinha alegre, rajada de preto e cinza. Imaginaram que os cães não deviam ser permitidos, talvez pelo risco de se agitarem e espantarem as famosas aparições. Mas chegaram a um consenso e seguiram todos pela trilha de dificuldade mediana que levava a uma área densa da floresta.

Gustavo alertou que naquele trecho, com a lua encoberta pelas árvores e sem ter como lançar mão das lanternas, porque a luminosidade os denunciaria, seria muito difícil acompanhá-los. Além disso, o tempo estava virando, e um vento gélido, para o qual nenhum dos dois estava preparado, atravessava suas vestes e enrijecia seus corpos.

Persistiram no encalço por cerca de vinte minutos, depois dos quais os perderam de vista, acabando por retornar ao vilarejo. Contentava-os a vantagem de haver descoberto, numa só tacada, a identidade do guia e o paradeiro de Mateus, o que não era pouca coisa! Eduardo ficaria satisfeito com os resultados daquela improvisada investigação.

Na manhã seguinte, Ester procurou as amigas na pousada, sendo surpreendida pela informação de que não haviam retornado da incursão noturna. Estranhou e se viu assaltada por um mau pressentimento. Foi atrás de Gustavo e o arrastou até a delegacia, onde Márcio Fonseca ouviu seu relato com expressão desgostosa, pressionando a parte de trás da cabeça.

– Muito bem! Nessa situação, normalmente eu diria que o correto é esperar. Esses turistas malucos podem ter decidido acampar durante a madrugada, porque alguém assegurou que conseguiriam beijar a boca de um desencarnado fedorento ou cruzar dedinhos com um extraterrestre fofo! Mas sabemos que não é assim, certo? O sexto sentido da moça alertou que tem algo errado, e eu não posso desconsiderar! Porque, neste lugar absurdo, ignorar os sinais pode ser fatal, não é? Vou te contar, a que ponto cheguei! – O delegado suspirou, levantou-se da cadeira e determinou a Gustavo: – Avise o padre. Vou convocar as equipes de busca. Creio até que, dada a frequência com que venho fazendo isso, já estejam todos me esperando em seus portões, com as mochilas prontas e os cães nas coleiras!

33

A chuva torrencial atrapalhava, e muito, o trabalho dos policiais e dos peritos. A floresta densa protegia a cena, mas não o bastante. O terreno forrado de musgo escorregadio, a umidade sufocante e a faixa estendida em torno do local do crime eram insuficientes para manter afastados jornalistas e curiosos, que se amontoavam como moscas sobre uma ferida exposta.

A quantidade de sangue era tão estarrecedora que Jussara, considerada uma das mais duronas da corporação, sofreu ânsias de vômito. Um jovem detetive teve taquicardia e precisou ser socorrido pela equipe médica.

Márcio Fonseca buscava compreender o sentido daquele teatro extravagante, que não se adequava às ocorrências minimalistas típicas do Remanso. Ou aquilo era uma chacina cometida por seres muito humanos, ou a nova geração espectral chegara com tudo, impondo uma abordagem completamente diferente da dos predecessores.

Porque aquela cena de crime era uma farra estética escandalosa e visceral! Literalmente falando. E dentro dos limites do distrito, ou seja: na sua jurisdição!

Pensou no trabalho que os legistas teriam para juntar os pedaços dos corpos esquartejados. Olhou para o alto, na direção da solitária cabeça espetada na árvore, uns três metros acima; parecia muito jovem, masculina, mas não dava para ter certeza. Olhou para os membros esparramados na paisagem, os pobres braços e pernas e até genitais enroscados nas moitas espinhentas. Mirou os dois troncos, masculino e feminino, empalados nos galhos robustos; e tornou a olhar os abundantes tufos de cabelo, lisos e crespos, claros e escuros, emaranhados na vegetação rasteira. Por fim, encarou o dedo recolhido na sacola plástica, salvo de ser arrastado por um roedor pelo alerta da sua atenta assistente.

Conseguiriam restituir as vítimas, integralmente, aos seus infelizes familiares? Era pouco provável! Teriam que se contentar com o que restara delas!

Submerso nesses drásticos pensamentos, demorou a escutar o ganido, que logo se transformou em choro, vindo de trás de uma moita fechada. Alguns minutos se passaram até Jussara aparecer, trazendo pela coleira a apavorada cadelinha, que estava com as orelhas encolhidas e o rabo entre as pernas.

O delegado deu ordem para que o animal fosse encaminhado à clínica veterinária, para ser examinado e cuidado até que algum familiar o reivindicasse.

A seguir, vociferou, assustando a plateia:

– Tragam a porra do prefeito Carlão Lacerda! Quero esse desgraçado aqui, para ver com os próprios olhos!

34

Protegido por um enorme guarda-chuva azul-marinho, Márcio Fonseca atravessava a rua ao lado de Eduardo, na direção da clínica veterinária. Vez por outra, estacava para melhor observar a fuga desenfreada dos turistas.

O movimento de carros nunca fora tão intenso. As motocicletas cruzavam o vilarejo em alta velocidade, e não havia frota de ônibus que bastasse para transportar os apavorados visitantes de volta às cidades de origem. O delegado vibrava com aquela frenética movimentação, em parte pelo alívio de vê-los partir em segurança, em parte pelo prazer de imaginar a cara do prefeito diante da debandada. Não conseguia conter o riso, apesar da gravidade da situação.

O pinscher preto, cujo focinho grisalho sugeria uma idade bem mais avançada que de fato tinha, latia enlouquecidamente para os demais hóspedes, provocando agitação nas gaiolas. Estava na clínica para tratar problemas estomacais típicos da raça, embora Juliana suspeitasse da oferta clandestina de guloseimas, primeiro por parte de Dinorá, e agora de Suema. Duas sem-noção, porque o danado do Guilo era louco por chocolates, embutidos, queijos temperados e até cerveja! A tutora ralhava com o cãozinho na esperança de silenciá-lo, enquanto se esforçava para captar os detalhes da conversa.

– Não é possível que o Mateus Ribeiro seja o autor dessa matança! – Eduardo ponderou.

– É o único suspeito que temos! – refutou o delegado. – Os depoimentos do casal confirmam que ele é o guia misterioso. Tá certo que a defesa pode alegar que a escuridão e a distância não permitiriam uma identificação segura. Mas o Gustavo conhece o Mateus há anos, não iria se enganar!

– Tenho certeza de que o guia era ele, mas isso não garante que seja o assassino! Ou, pelo menos, que seja o único assassino! – Gustavo interveio.

– Nem ao menos sabemos se ele está vivo ou morto! – Juliana intercedeu.

– Pra mim, pareceu muito vivo! Mas acho difícil acreditar que teria força suficiente pra causar um estrago daqueles! Afinal, eram seis turistas! – Gustavo opinou.

— Concordo que o número de vítimas e o *modus operandi* não remetem a um único autor. Mas, levando em conta que Mateus seja o novo representante de Ablat, precisamos trabalhar com a hipótese de força física descomunal. Ou vocês se esqueceram dos ataques do Naldo na caverna? Da forma como flutuava, da rapidez dos movimentos, da fúria mortal das garras! – o delegado argumentou. – De qualquer forma, como a minha única testemunha é uma vira-lata, não tenho outra alternativa senão indiciar o rapaz, ainda que não me agrade a ideia. Sabem como é, com o histórico de drogas, ele será o acusado ideal! Um prato cheio para a promotoria!

A constatação desanimada de Márcio desencadeou uma imediata troca de olhares entre Eduardo, Felipe e Juliana, ao que a garota reagiu com o atrevimento de sempre.

— Não, não! Sei o que estão pensando e já vou avisando que não é possível!

— Pode ser a nossa única chance! – o padre argumentou.

— Que é isso?! Enlouqueceram? Estão achando que eu consigo ler a mente dos bichos?

— Sei que não consegue, mas também sei que tem um poder especial sobre eles. E o Felipe pode ajudar! – Eduardo falou. Ela pareceu ponderar e o médium aproveitou a deixa.

— Vamos, Ju! Não custa tentar. Afinal, o que temos a perder?

— Não sei exatamente o que estão tramando, mas imagino que não vá servir de prova, pra variar. Já estou até vendo a manchete nos jornais: "Delegado enlouquece e arrola cão como testemunha"! Era só o que me faltava! – Márcio ironizou.

— Pelo menos saberemos o que, de fato, aconteceu! – Eduardo concluiu.

— Então é melhor não perder tempo – disse Juliana. – Mas vou deixar esse pestinha aqui, porque não consigo me concentrar com tantos latidos – dirigiu-se a Ester, que permanecia quieta e recolhida num canto da sala, abalada pela morte violenta das amigas e pela dura constatação de que coisas ruins acontecem com pessoas boas. Pela primeira vez, olhou com empatia para a rival.

No consultório antigo, mas bem-estruturado, a cachorrinha malhada de porte médio encolhia-se num canto da gaiola. O funcionário explicou que ela estava assim desde que chegara, tinha pouco apetite e não interagia, apesar das tentativas de aproximação. Esclareceu que os exames físicos resultaram normais e que a dentição indicava três anos de idade. Acrescentou que era muito bem cuidada, mas, até então, parente nenhum a reivindicara.

Felipe foi o primeiro a se aproximar e, quando a cadelinha levantou a cabeça, olhou bem dentro dos olhos dela. Percebeu, de imediato, o impacto dos eventos recentes e o sofrimento do animal. Pensou, contrariado, nos que ainda se recusavam a reconhecer a capacidade dos cães de sentirem emoção e dor. Porque aquela criatura jamais seria a mesma, jamais superaria o evento traumático que vitimara, entre outros humanos, a tutora que tanto amava.

Juliana veio em seguida e puxou vagarosamente a porta da gaiola, apesar dos protestos do funcionário, temeroso quanto às reações imprevisíveis de um animal em choque. A garota sentou num banco e, durante alguns minutos, apenas olhou e foi olhada de volta pela cachorrinha, que então se ergueu e se aproximou. Com uma expressão mais relaxada, deitou levemente a cabeça sobre as palmas das mãos de Juliana, que já repousavam dentro da gaiola. Felipe colocou as duas mãos, em forma de concha, sobre a cabeça do bichinho e, com o olhar fixo nele, repetiu três vezes a ordem "abra seus olhos".

E o que se desenrolou a seguir foi estarrecedor!

Porque não apenas o médium, mas todos os presentes puderam ver e ouvir e sentir, como num transe, o pavoroso reflexo a preto-e-branco de todo o horror presenciado pelo animal. A surpresa, o choque, os golpes certeiros e cortantes, os gritos desesperados, o odor potente do sangue que jorrava em abundância dos corpos dilacerados dos jovens.

E as imagens não se restringiram às vítimas em sua agonia. Todos tiveram a oportunidade de visualizar os assassinos e constatar a identidade de pelo menos um deles.

Modificado, mas não irreconhecível, o espectro masculino era Tiago Mendonça!

Acompanhado de uma mulher muito jovem, de pele pálida, vestes negras e longos cabelos escuros ondulados, que Márcio Fonseca imediatamente reconheceu como a vítima desaparecida na cabeça d'água.

Mas já não eram as figuras romantizadas da geração midiática; já não eram a farsa glamourosa que atraía multidões aos recantos obscuros da mata ciciante e malevolente.

Eram aberrações. Eram criaturas horripilantes de olhos gélidos, de pele enegrecida nas veias sulcadas, de corpos contorcidos, de braços deformados que se exauriam em mãos longilíneas como raízes e dedos afiados como navalhas.

Eram monstros como o Naldo. Eram prepostos, serviçais, capachos do mal. Eram a mais recente e sofisticada manifestação dos poderes nefastos de Ablat!

35

A reunião na delegacia, organizada às pressas por Eduardo e Márcio, atingiu o *quorum* necessário. A decisão de convocá-la deveu-se não só ao evento referente à cachorrinha, mas também às notícias de novos assassinatos nas cidades próximas, levando-os à inevitável constatação de que os comparsas do casal haviam iniciado seu próprio *tour* sanguinário.

Márcio Fonseca reivindicou a presença de Suema, na esperança de que Dinorá se manifestasse e acendesse alguma luz no fim do túnel de dúvidas em que se encontravam. Embora não o confessasse em voz alta, também pretendia estabelecer contato com o detetive Aldair, por cuja morte se responsabilizava. Por isso, inclusive, escolhera a delegacia, na esperança de que o ambiente atraísse e deixasse à vontade o colega, vítima fatal do confronto com o Naldo. Mais uma vez, riu de si mesmo. O padre e o delegado expuseram, com a ajuda de Felipe e Juliana, os acontecimentos recentes. E não demorou mais do que cinco minutos para que a voz grave e potente de Dinorá saísse pela boca de Suema. Era a primeira vez que isso acontecia em grupo, prova de que a velha governanta dos Cardoso andava ansiosa para participar; o que, a bem da verdade, a ninguém surpreendia!

— Mas o que temos aqui? Mais uma dessas reuniões inúteis?

— Não são inúteis, Dinorá! — Heloísa contestou. — São importantes para a gente se organizar, tirar conclusões e traçar metas coletivas, sempre mais confiáveis!

— Não seja tola, Heloísa! E não me venha com esse papo esquerdista!

— Nossa, está ainda mais desaforada depois de morta!
— Mas é claro! Agora tenho imunidade! — gargalhou sonoramente e prosseguiu. — Sei o que vocês querem, e já vou adiantando que não tenho poder para isso. Não posso ver o lugar onde se escondem nem quando e onde será o próximo ataque. Mantive os conhecimentos que acumulei em vida e posso prever um ou outro acontecimento futuro, envolvendo as pessoas que amo. Creio que arrastamos, como correntes, os nossos afetos...
— Dinorá divagou. — Fora isso, sou só mais uma alma penada! Mas posso aconselhar, como sempre fiz — disse isso dirigindo-se a Juliana e abrandando o tom da voz, como sempre fizera com a menina. — Você, minha querida, pode tirar esse olhinho comprido de cima do Upiara, porque não vai rolar! Isso chamaria a atenção sobre ele, que ainda não está pronto para essa luta, e colocaria vocês dois em grande risco! Outra coisa: seja mais tolerante com a namorada do Gustavo! Lembre-se de que não há acasos em Remanso, todos têm um papel a cumprir. Até eu, que já bati as botas!

— Falando em quem já bateu as botas, será que eu posso fazer contato com o Aldair? — o delegado aproveitou o gancho, meio sem jeito, ele próprio duvidando da frase que acabara de pronunciar.

Dinorá/Suema pôs as mãos na cintura e olhou para ele com uma seriedade fingida.

— Tá pensando que isso aqui é sessão espírita?

Márcio a encarou surpreso, para então revirar os olhos ao ouvir a risada forte e rouca, característica da velha governanta.

— O detetive está fora do meu alcance. Já fez a passagem, como deve ser! Está em outro plano, muito melhor que este. Não tem compromissos eternos como eu, aos quais nem a morte põe fim! Além do mais, esse negócio de chamar os mortos é sempre um risco, porque costuma vir outra coisa no lugar. É como dizem por aí, o problema não é com quem você quer falar, mas com quem você fala. Ainda mais aqui!

– Pelo menos conte pra gente se ele ainda usa aquele penteado – Diogo brincou, arrancando risadas do grupo e vendo-se solenemente ignorado por Dinorá, que se dirigiu a Heloísa e Anderson.

– Fiquem atentos, porque seus filhos estão em perigo. Precisam deles para retornar! – Ela então se voltou para Diogo. – Conte o que descobriu na comunidade, pode ser importante! – Dito isso, partiu sem maiores explicações, deixando a prima atordoada, o casal apavorado e Márcio frustrado, porém feliz em saber que o colega estava bem e não deveria ser incomodado em seu merecido descanso.

O delegado conclamou-os a dar continuidade aos debates, enquanto matutava sobre a naturalidade com que todos, ele inclusive, encaravam a bizarrice extrema dos acontecimentos! Fez sinal para que Eduardo falasse.

– Duas questões me intrigam em especial, e acredito que a todos vocês. A primeira é o papel do Mateus Ribeiro nessa história. A segunda é a mudança de tática dos nossos inimigos.

– Tive a oportunidade de ver o Mateus, embora de longe, e acho que ele está vivo. Fisicamente, está idêntico ao que era, enquanto o casal já passou por uma série de transformações! – Gustavo argumentou.

– Talvez o casal precise de um elo com o mundo real. Uma espécie de mensageiro ou intermediário. Alguém para facilitar o intercâmbio com os vivos. Porque, embora as imagens tenham revelado que ele não participou do massacre, é certo que está servindo de isca para atrair os turistas – Heloísa especulou.

– E quanto ao ataques? Esse *tour* sanguinário e chamativo não combina com o estilo sombrio, até mesmo sóbrio, que essa entidade sempre fez questão de ostentar! – Felipe ponderou.

— É mesmo muito estranho! Até aqui, seus servos aparentemente atacaram para se alimentar e para alimentá-lo. Para sorver a força vital das pessoas. Mas agora tudo mudou, não sabemos o porquê — Anderson intercedeu.

— Ele pode estar com raiva. Ou com fome. Ou as duas coisas. Porque eliminamos o Naldo e porque o deixamos sem garantia de alimento. Afinal, retiramos Isabela, sua última vítima, da caverna. E Juliana também — Heloísa interveio.

— Faz sentido! Mas não acho que seja só isso — Felipe falou. — Acho que a resposta está na Ju! O Eduardo pode explicar, pois já discutimos essa teoria, e o Diogo também escutou algo semelhante da Isidora.

— Acreditamos que a proximidade da Juliana mexe com Ablat. Não sei se essa deidade é capaz de sentir medo ou excitação. Mas com certeza pressente o confronto, talvez até anseie por ele! A simples existência dela o arranca de uma inércia milenar que se consolidou nestas terras, onde nunca teve um oponente à altura: somente seguidores e sacerdotes para homenageá-lo e apaziguá-lo com rituais, oferendas e sacrifícios — o padre esclareceu.

— Essa, inclusive, deve ter sido mais uma razão, além da fixação do Naldo, para transformar a Juliana no alvo preferencial! — Felipe complementou, e suas palavras provocaram um estalo em Márcio.

— Meu Deus, agora tudo faz sentido! É a explicação para as palavras misteriosas da Clara. Ela disse "ele ainda está atrás dela"!

— Não sei como vocês ainda se surpreendem! — Juliana interrompeu. — Mas não é o momento para nos preocuparmos com isso, porque o assunto mais urgente são as crianças, que estão em perigo!

— Pois é, que negócio foi aquele que a Dinorá disse, "precisam deles para retornar"? — Diogo indagou, mas recebeu como resposta apenas a expressão tensa dos pais.

— E quanto ao que você descobriu na comunidade indígena? — Márcio perguntou a Diogo.

— Nada de mais, coisas ligadas ao passado da minha família. Não creio que possam ajudar. Mas espera... os túneis!

— Túneis de novo? Valha-me Deus! — exclamou o delegado.

— Túneis imensos! Escavados por mãos escravas para interligar o local secreto de culto às maiores fazendas da região! — Diogo falou, e vários pares de olhos arregalados fixaram-se nele, perplexos com a novidade. — Vocês acham que eles podem estar lá?

— Quem sabe? É possível. É até provável, afinal, já sabemos que esses monstros gostam de se esconder no subterrâneo! Você descobriu a localização? — o delegado quis saber.

— Só os antigos conheciam. Todas as entradas foram lacradas, e os mapas se perderam ou foram destruídos, não se sabe ao certo!

— Então vamos ter que apelar para a nossa arma secreta! — Márcio declarou, com certo orgulho. — Enquanto isso, divirtam-se buscando soluções para o novo desafio: quando os encontrarmos, como iremos destruí-los?

36

Heloísa e Suema apressavam-se em ajeitar os quartos de hóspedes, depois que todos concordaram que, diante do alerta de Dinorá sobre o risco iminente para as crianças, o melhor seria voltarem a se reunir na fazenda. Anderson as acompanhava, apreensivo.

— Não seria mais seguro levar os gêmeos para a casa dos seus pais? Eles estão muito estranhos, diria mesmo dissimulados. É como se estivessem, todo o tempo, escondendo algo! E a Irene agora tem crises de sonambulismo, como a Juliana há alguns anos; o que é, no mínimo, preocupante! – falou, dirigindo-se à esposa.

– Já pensei na possibilidade e não descarto, dependendo do rumo que as coisas tomarem. Mas pense, Anderson! Esse negócio de fugir daqui nunca deu certo, você tentou quando a Ju era pequena. Essa coisa sempre vai atrás!

– É verdade, Dinorá me explicou uma vez. Sair daqui não adianta, essa maldição parece que está grudada na gente! – Suema apoiou.

– Além do mais, estão todos vindo pra cá, todos os protetores! Se existe perigo, e não duvido disso, prefiro que os nossos filhos estejam conosco. Nosso destino tem que ser um só! – Heloísa acrescentou.

– Acho que você tem razão. Mas é assustador saber que eles estão na mira! Afinal, que nível de resistência duas crianças dessa idade seriam capazes de oferecer a tal poder? – indagou Anderson diante das duas mulheres atônitas e incapazes de oferecer uma resposta razoável.

Lá fora, a brisa outonal soprava levemente os cabelos escuros de Juliana, que, sentada na varanda, observava Clara e Daniela com as crianças. Sentia no ar a mudança de temperatura e o aroma de flores, anunciando a aproximação do mal e o momento do confronto. A mata ondulava, suave e misteriosa, como se observasse e aguardasse. O cheiro da terra úmida, o verde lodoso da floresta e os matizes purpúreos do entardecer repercutiam a beleza e a degradação daquele lugar sombrio e soberano, repositório de perversidade e fúria, desposado com paixão pelas trevas infernais.

O casal de irmãos, vigiado de perto pelas duas, montava blocos de madeira no bem-cuidado jardim. De repente, o dia se fez noite, e dois vultos etéreos e negros surgiram do nada, movendo-se num balé sincronizado e levando as corajosas garotas a correrem para as crianças, unindo-se num cerco de proteção em torno delas. Mas as figuras fantasmagóricas persistiam, confrontando a barreira feminina e logrando alcançar as crianças paralisadas, atingindo-as de raspão e carimbando em suas peles estranhos desenhos, queimaduras em formato de garras que causavam intensa dor.

O embate, rápido e silencioso, cessou de imediato com a aproximação de Juliana, quando então os espectros debandaram para a mata, que se fechou com zelo sobre eles.

Um silêncio espantoso envolveu o grupo. A atmosfera era quente, densa, pastosa. O mundo pareceu modificado, como se à mercê de um feitiço de sono e de morte. Uma paz enganosa e anestesiante predominou, até que a aragem evanescente soprou as faces jovens e as arrancou do torpor.

Daniela foi a primeira a correr para as crianças estranhamente imóveis, a fim de examiná-las, sentindo um profundo alívio ao constatar a aparente integridade de ambas. Mas a expressão apavorada de Clara e Juliana fulminou-a com a absoluta certeza de que algo muito ruim acabara de acontecer! Uma regra fora infringida e uma fronteira cruzada, colocando em xeque as almas imortais dos imaculados descendentes dos Cardoso!

Como se impulsionado por uma sensação de premência, Anderson correu à porta da frente, escancarando-a para se deparar com a escuridão antecipada, porque os ponteiros do relógio ainda marcavam dezessete horas. A noite espreitava exultante, e nenhum som, nenhum movimento, nenhum sinal de vida transgredia a calma bafienta e nefanda daquele lugar.

As marcas no pescoço e tronco das crianças haviam permanecido: negras, profundas e inflamadas tatuagens. E o mais estranho era que nenhuma das duas estava assustada! De fato, nem ao menos pareciam humanas, alheias aos acontecimentos e à comoção ao redor.

Anderson agarrou os filhos pelos braços e os sacudiu com vigor, sendo contido por Heloísa e Suema. Apavorado, olhou para a mão como se a desconhecesse; como se a prótese tivesse adquirido iniciativa e vontade própria, a despeito do dono. Correu em desespero para o interior da casa, convicto de estar submetido a alguma espécie de influência nefasta e, o que era mais aterrador, certo de que seus filhos haviam sido marcados e de que os perdera para sempre, precocemente fulminados pela horrenda maldição da família!

37

Márcio Fonseca observou, através da porta da igreja, a chuva torrencial que desabava sobre o distrito, interditando as estradas e dificultando a partida dos turistas retardatários. Pensou, com preocupação, no terrível homicídio múltiplo que escandalizara o município na noite anterior: um adolescente dizimou a família sem motivo aparente. Mas a investigação estava fora de sua alçada e, apesar de toda a gravidade e estranheza do fato, proporcionara-lhe alívio a debandada das equipes de jornalistas — as quais, desde a matança na floresta, haviam estabelecido residência quase fixa em Remanso.

Virou-se para Eduardo, Felipe e Diogo, sentados nos longos bancos de madeira maciça da nave, e seu rosto era uma máscara de inconformismo quando praguejou:

– Essa merda não respeita nem os bebês? Tinha que haver alguma lei proibindo isso! Mesmo as forças do mal deveriam ser obrigadas a preservar um mínimo de ética! Não era assim com a máfia? Aquele compromisso de poupar as famílias?

– Que é isso, delegado? Estamos lidando com uma entidade muito poderosa e muito antiga. A moralidade judaico-cristã não significa nada para ela, já estava aqui muito antes disso. Sua presença talvez anteceda o surgimento da própria vida na Terra! Para ela, o ser humano é tão insignificante quanto poeira! – Eduardo respondeu.

– Mas os ritos empregados no embate da caverna conseguiram reter o Naldo! Sinal de que essa coisa não é tão indiferente assim! – Márcio argumentou.

– Talvez porque ainda existisse algum resíduo de humanidade nele. Mas você não deixa de ter razão, também já andei pensando sobre isso. Se essa deidade tem anseios de vingança e gosta de ser bajulada, não deve ser tão indiferente assim, não é? Quem sabe, com o passar do tempo, tenha desenvolvido alguma fixação na nossa espécie, com a qual conviveu neste planeta durante milênios! E isso complica ainda mais as coisas, porque torna mais difícil identificar suas motivações e seus objetivos. É um deus louco ou racional? Tem um plano elaborado ou age por impulso? Pretende dominar, talvez destruir o mundo? Ou deseja apenas se divertir atormentando os pobres habitantes de Remanso? – Eduardo elucubrou.

– Mas você nunca disse que essa coisa podia possuir pessoas! – queixou-se Diogo.

– Não creio que os gêmeos estejam possuídos! – Felipe, enfim, manifestou-se. – Acho que, por enquanto, estão sob a influência do casal. Não se esqueçam de que o Naldo também tinha poderes para manipular a realidade. Foi assim que atraiu a Juliana para a armadilha.

– Mas o que eles pretendem com as crianças? – quis saber Márcio.

– Nossa velha amiga Dinorá disse uma frase que me intrigou, algo como: "precisam deles para retornar". Será possível que esses desgraçados estejam pretendendo voltar à vida através dos gêmeos? Estão mesmo tramando algum tipo de possessão astral? – Felipe falou.

– É possível, embora fuja do padrão! – Eduardo interveio. – Também acho que as crianças não foram possuídas. Se fosse o caso, estariam agindo de forma diferente, já seriam outras criaturas. Mas não! Por ora, é como se estivessem ocas! Como se tivessem sido esvaziadas, para depois virem a ser preenchidas. A verdade é que enfrentamos essa força há anos, mas a conhecemos muito pouco. É algo que está além da nossa capacidade de compreensão. Pertence a uma realidade extraterrena, guiada por suas próprias leis naturais.

– Mas que porcaria é essa? Esse *playboy* deu cabo da própria vida e agora quer voltar? Os dois querem reviver no corpo dos meus sobrinhos? Essas pestes agora fazem o que bem entendem? Ah, mas não mesmo! – vociferou Diogo.

– Era só o que faltava acontecer a esta família! Seria o fim para o meu cunhado, um homem quebrado pelos traumas do passado! E a minha irmã? Deus do céu, o que será dela? Não, não podemos permitir, em hipótese alguma! – Felipe foi enfático.

– E o que vamos fazer?

– Precisamos encontrá-los! Acabar com eles o mais depressa possível, antes que esse domínio se consolide! Antes que estabeleçam raízes permanentes no corpo e no espírito dos meus sobrinhos! – respondeu Felipe.

– Mas como? – Eduardo questionou. – Se as regras forem mantidas, quem será capaz de destruir o Tiago Mendonça? Porque, embora ele seja meio-irmão de Anderson e Juliana, não sabemos se esse parentesco será suficiente para preencher as exigências da profecia, que menciona o sangue igual! E ainda temos a moça, que sequer tem parentes aqui!

– Não importa, temos que agir e esperar que funcione. Vamos torcer para que essa Tatiana tenha sido aliciada pelo próprio Tiago, e não por Ablat; afinal, ele sempre teve um único representante por vez! Então, talvez ela não faça jus à mesma proteção e possa ser eliminada por qualquer um de nós – aventou Felipe, esperançoso.

– De qualquer forma, vou conversar com a viúva Mendonça, embora não saiba bem o que dizer a ela. Seria tipo: "Olha, precisamos matar o seu filho que já está morto, você pode ajudar"? Francamente! – Márcio Fonseca ironizou.

– Temos outra hipótese que talvez mereça ser levada em conta: a de que a Juliana não se submeta às regras de Ablat e seja a única capaz de excepcioná-las. Afinal, as condições foram estabelecidas para os humanos, e ela não é completamente humana. É uma criatura fronteiriça, resultante da miscigenação alienígena – sugeriu Eduardo.

– Então, podemos mandar ver, já que são tantas as possibilidades! – vaticinou o delegado. – E ainda que sejam meras especulações, pra nós já bastam! Não estamos mesmo acostumados a muito mais que isso! Vamos procurar nos túneis que Diogo mencionou. Acho que Clara pode descobrir a passagem, como fez da outra vez.

– Pessoalmente, não estou colocando fé nisso. Seria muito óbvio, quase um *déjà-vu*. Mas não temos outra alternativa no momento, então vamos tentar – Felipe assentiu.

38

Para orgulho de Márcio, Clara não tardou a encontrar uma das entradas do túnel, escondida sob um galpão, na tradicional fazenda dos Pontes. Desde que, ainda criança, escapara das garras do Naldo, a garota havia desenvolvido uma espécie de antena que a conectava, irremediavelmente, ao oculto; além de uma visão peculiar da realidade capaz de torná-la imune à linha poderosa que separa o humano do sobrenatural.

Diogo foi na frente, ladeado por Heloísa e Anderson e quase tão transtornado quanto eles. Os outros os seguiram em grupos de dois ou três.

Felipe foi acometido por um terrível mal-estar logo que adentrou aquele antro de intenso sofrimento, e os amigos também perceberam, em seus corpos e mentes, os sinais da tortura e da humilhação que reverberavam nas paredes do espaço ignóbil e grotesco, palco de tormentos insanos e indescritíveis. Aproximou-se do companheiro e falou, num sussurro:

— Vá com calma, Diogo. Este lugar é diferente do outro. Aquele era um epicentro de maldade e poder. Este, não! Este é um concentrado de sofrimento, dor e anseios de vingança. Sinceramente, não sei o que é pior! Compreendo a comoção da Helô e do Anderson, mas não quero que se exponha tanto!

— São os meus sobrinhos, Felipe! Pare de tentar me proteger, como se ainda acreditasse que me arrastou para esse turbilhão de horror! Já sabemos que o sangue derramado neste lugar também corre em minhas veias!

Ao pronunciar essas palavras, Diogo percebeu a contrariedade nos olhos do companheiro. Sabia bem o que lhe passava pela cabeça. A insegurança diante da perspectiva de que sua união não fora resultado de um encontro fortuito e iluminado, de uma conjunção astral favorável ou da interferência de deuses ardilosos munidos do arco e das flechas da paixão. "Mas que merda, tudo aqui é missão!", havia praguejado o sensitivo, ao tomar conhecimento dos vínculos da família do parceiro com o passado do lugar. Diogo suspirou. Felipe era complicado quando cismava com alguma coisa, e ele teria que se esforçar para convencê-lo da espontaneidade e intensidade de seus sentimentos, a despeito do chamado dos ancestrais. Estava mais que disposto a isso, pois não admitia a hipótese de perdê-lo.

Heloísa aproximou-se e interrompeu seus pensamentos, falando em boz baixa:

– Diogo está certo! Temos que arriscar, porque meus filhos estão em jogo! Eles não são mais os mesmos, até os avós estão assustados! Comem e dormem, mas não interagem e nem respondem aos estímulos. É como se desejassem apenas manter seus corpos funcionando, para algum outro fim obscuro. O Anderson está aguentando, sabe que precisamos lutar, mas temo também por ele!

A trajetória era lenta, mas não difícil como a da caverna anterior, porque só havia um percurso partindo de cada uma das quatro fazendas, todos levando a um só destino: uma imensa e tenebrosa câmara reverencial, conspurcada pelas manchas do sangue dos escravos, que persistiam nas rochas a despeito dos séculos decorridos.

A enorme pedra sacrificial era talhada no mesmo material verde-escuro encontrado na caverna, e o delegado ficou imaginando se já estaria ali ou se fora transportada, o que acreditou improvável devido à estreiteza das passagens. *Vai entender de que maneira bizarra esta rocha entrou neste buraco e quantas vidas se perderam para isso!* – pensou, com pesar.

Acima da pedra, havia um gigantesco ídolo em idêntico material verdolengo. Era rústico, difícil de traduzir em palavras e aparentava ter sido esculpido por povos primitivos. Mais uma vez o delegado imaginou como aquilo teria chegado até ali, perdendo-se em enigmas que talvez jamais fossem satisfatoriamente elucidados, como muitos neste planeta e no Universo. A estátua era monstruosa, mas também era meio humana, com muitos membros e uma face horripilante que transmitia um martírio semelhante ao infligido às vítimas infelizes; como se o sofrimento delas a alimentasse e a mantivesse viva, e como se lhe proporcionasse intenso prazer. O padre também observava, fascinado, todos os detalhes à volta, tentando adivinhar se a figura representada seria fruto da imaginação dos adoradores ou se, contrariando o que diziam as escrituras, alguém neste imprevisível mundo sobrevivera à visão atordoante daquele deus interdimensional e revelara ao mundo sua repugnante forma.

Atrás desse ídolo, e acima dele, em posição de destaque, havia um assento majestoso, uma espécie de trono adornado com pedras brasileiras de proporções e pureza inestimáveis, com predominância das gemas de topázio amarelo. Em torno desse trono, dezenas de crânios encravados, especialmente humanos, mas também de animais de médio e pequeno porte. Quase toda essa grandiosa estrutura estava cercada, como não poderia deixar de ser, por um fosso de águas estagnadas e turvas, cuja profundidade era impossível mensurar.

Perdidos em ambiciosas elucubrações, Eduardo e Márcio foram surpreendidos por uma assustadora alteração no cenário, porque gritos de horror, de sofrimento e de morte se fizeram ouvir, e um coletivo de espectros atacou o grupo. Eram muitos, e, no decorrer de angustiantes segundos, os amigos sentiram-se presas de uma armadilha mortal, atraídos àquele subsolo para serem abatidos como gado, sem atalho de fuga e sem defesa, pelos discípulos de Ablat.

Mas não tardaram a perceber que não era bem assim!

Seus oponentes eram negros e pertenciam a uma outra época, o que se revelava a despeito da aparência diáfana de seus corpos. Eram aterradores, mas traziam uma ferocidade diferente da que caracterizava seus tradicionais inimigos. Carregavam a ira dos injustiçados, dos imolados, dos sacrificados em vão a uma entidade malévola e alienígena. Um ódio intenso, porém, justificável. Seus domínios haviam sido invadidos; seu remanso de mágoa, penetrado; sua dolorosa intimidade, descortinada pelo ingresso desautorizado do grupo e pela mente poderosa do médium que tudo enxergava.

Chocaram-se violentamente contra cada um dos presentes, derrubando-os, lesionando braços e pernas, troncos e faces, numa palpável demonstração de força que contrariava sua frágil constituição. Mas não aparentavam intenções homicidas e, estranhamente, pouparam Diogo, diante do qual um deles estacou, levando os demais a se desviarem durante todo o restante da incursão.

De repente, os atacantes se afastaram para as extremidades, como se houvessem atingido seu objetivo, e Felipe apertou as têmporas como se adentrasse um transe penoso. E num átimo pôde enxergar, envolvidos numa fumaça de cor mostarda que exalava de lanternas nas paredes, os cultistas nus, homens e mulheres, jovens e idosos, dançando e evoluindo em círculos, cantando louvores e conclamando seu deus para que os prestigiasse e reconhecesse, para que os honrasse com sua tenebrosa presença, para que assumisse seu lugar no trono, para que aceitasse os sacrifícios ofertados e compartilhasse conhecimento e poder. Pôde também ver, e ouvir, e sentir, em ondas entorpecentes de sussurros, os avisos, os alertas e as revelações, misturados aos gritos e gemidos de lamento que se originavam não das bocas, mas dos olhos arregalados das vítimas, inundados de desespero e horror!

Os demais componentes do grupo o cercaram, curiosos e assustados com o tremor e a comoção que tomou conta de seu corpo, com tamanha intensidade que o forçaram a ajoelhar. Ele, então, recuperou-se e olhou cada rosto amigo antes de contar o que vira, ou o que lhe fora revelado; ao menos, a parte que determinaria o rumo de todos naquele inusitado contexto.

– É um engodo! Eles não estão aqui nem poderiam. O que se instalou nesse subterrâneo jamais permitiria sua presença! Tornou-se a morada de outras forças, de natureza divergente e hostil a Ablat e seus seguidores. Espíritos inquietos, atormentados, em busca de justiça e paz. Por vezes até perigosos, devido ao sofrimento a que foram submetidos. Mas é só isso. Não há maldade em seus corações.

– E onde eles estão? Você conseguiu ver? – perguntou Diogo, aflito.

– Estão no distrito!

– As crianças também estão lá, com os avós! – Diogo constatou, alarmado.

– Merda! – exclamou o delegado.

Enquanto isso, no quarto do hospital, Isabela acordou assustada e se sentou na cama.

– Eles estão na vila, pai!

– Eles quem, minha querida?

– Os monstros! E minhas amigas também estão vindo. O senhor sabe que, em pouco tempo, vou me juntar a elas!

– Como assim, minha filha? Você é apenas uma criança, não pode fazer nada!

— Está errado, pai. Estou ligada a ele e posso ajudar. Preciso ajudar! — ela enfatizou.

Humberto olhou horrorizado para o rosto absorto da menina, enquanto sentia penetrar no quarto, pelo ar refrigerado, um cheiro marcante de flores e, através do vidro da janela, os chiados e uivos atrozes das bestas ensandecidas.

Preocupava-se com a filha, com aquele desconcertante vínculo que estabelecera com o algoz, com seu comportamento frio e distante, com sua alma imortal. Temia que parte dela houvesse se perdido irremediavelmente, subtraída na caverna onde permanecera prisioneira por dias a fio, solitária e desamparada!

— Ele virá atrás de você, não é? — perguntou, aflito, ao que ela fez que sim com a cabeça e acrescentou:

— Ele nunca esquece!

39

A população do vilarejo, trancada em suas respectivas casas, não sabia o que fazer nem que rumo tomar. A gritaria que vinha de fora era aterradora, e não dava para discernir os uivos nauseantes dos algozes dos urros desarvorados das vítimas infelizes, trucidadas em meio à noite sorrateira do distrito, que sobre eles se quedou precoce e repentinamente.

Pelas frestas das janelas de madeira dos antigos sobrados, muitos puderam ver o exato momento em que o jovem casal de turistas, sentado ao lado de duas latas de cerveja e dois pacotes de lanche intocados, recebeu daqueles desconhecidos os golpes fatais no pescoço, fortes ao ponto de quase lhes separar as cabeças dos troncos. Indiferentes ao sangue que se misturava ao molho de tomate esparramado na calçada, os atacantes partiram com tudo para o jornalista que ousava registrar a cena, chamando a atenção dos apavorados observadores para o mórbido detalhe da câmera ensanguentada no chão. Em seguida, o famoso casal, cuja aparência degenerava a cada nova aparição, destroçou em conjunto o parrudo dono da mercearia, que recolhia, incauto, as caixas de madeira da calçada. Sem dar folga, o espectro feminino fulminou, com um corte gigantesco no peito, a mulher que correu para a rua no anseio de socorrer o marido; enquanto isso, o masculino mirou, para desespero da assistência, a colegial de uniforme que despontava na esquina, mas que, antevendo o perigo, retornou num galope para a escola e escapou de seu funesto destino.

Quando os Quatro do Remanso e seus amigos pisaram nas ruelas da vila, o silêncio e o cenário desolador remetiam aos momentos anteriores ao duelo, num velho filme de faroeste, exceto pelo frio, pela chuva e pela lama que insistia em se alojar no calçamento antigo de pedras almofadadas.

O delegado ia na frente, tendo à direita a assistente Jussara, que deixara seu posto na delegacia para se unir a eles. Do lado esquerdo seguia Eduardo, munido de terço e de um crucifixo que camuflava uma lâmina afiada na ponta inferior, relíquia adquirida de um antiquário europeu. Atrás vinha Felipe, com Diogo portando uma pequena pistola. Heloísa e Anderson os seguiam, ela trazendo a velha faca cerimonial de Dinorá; e ele, o punhal das escrituras, a arma sagrada que dera fim ao reinado de terror de seu pai. Juliana vinha embolada no centro do grupo, empunhando duas adagas e tendo ao lado sua inseparável amiga

Clara. Ao final estavam Suema, Ângela e Gustavo, numa espécie de barreira protetora de retaguarda.

Os grupos oponentes encararam-se nos dois extremos da rua principal, cientes de que chegara o momento do confronto. Eduardo e Márcio perscrutaram o bando liderado pelo casal fantasmagórico e vislumbraram num canto, à distância de uns dez metros, o jovem Mateus Ribeiro, com uma expressão perdida no rosto.

– Conheço quatro deles, todos delinquentes da região! – Márcio Fonseca falou. – Os outros três nunca vi, são bem jovens. Você notou como são diferentes dos líderes? Parecem mais frágeis e lentos, como zumbis! Como se fossem feitos de outro material. Pelo menos estamos em maior número!

– O que não representa, necessariamente, uma vantagem! Você se lembra da força do Naldo na caverna? Cada um deles deve valer por muitos. Será uma luta difícil e fatal!

– Não dá para fazer um exorcismo? – Indagou Jussara, aflita.

– Isso não é um caso de possessão, Jussara. Essas criaturas não estão dominadas pelo mal; elas são o mal! São representantes dele, emissárias dele, a ele destinadas irremediavelmente! Além disso, já estão mortas. Não há salvação para elas, estão fadadas à escuridão! – Eduardo explicou.

Nesse ínterim, uma estranha movimentação ao redor chamou a atenção do padre, e qual não foi sua surpresa ao ver se aproximarem do grupo, vagarosamente, dezenas de populares do vilarejo. Homens e mulheres, idosos e jovens, munidos de pás, ancinhos, foices, ferramentas, tesouras e facas domésticas, prontos para se unirem a eles em defesa de suas vidas e da integridade de seu encantador e bizarro torrão natal. Eduardo não se conteve de satisfação, embora ciente dos riscos para todos. Mas, àquela altura do campeonato, com os espectros invadindo a vila sem qualquer disfarce ou pudor, era lutar ou morrer acuado!

— Muito bem! Agora sabemos por que vocês foram escolhidos para viver aqui! Não foi mero acaso nem poderia. Não sei como não me dei conta disso antes! Sempre podemos nos surpreender com as pessoas, não é? Mesmo quando as conhecemos toda uma vida! — E estampou no rosto aquele sorriso, aquela satisfação desconcertante que estarrecia seu amigo investigador.

E então foi o caos, mais uma vez!

Aparentemente conscientes de seus papéis, os moradores da vila partiram com tudo para cima dos inimigos secundários, passando direto pelo casal principal, reservado para a tradicional equipe de defensores. Ainda que a força dos espectros fosse desproporcional, e sua agressividade incomum, eram dezenas contra eles, e essa superioridade numérica foi determinante no resultado, que não tardou a se delinear, com nítida desvantagem para os criminosos zumbis.

Cabeças arrancadas a foice, troncos espetados por ancinhos, crânios esmagados a marteladas, abdomens estourados a golpes de chaves de fenda e vísceras extraídas a facadas e tesouradas, numa farra brutal de redenção camponesa que trazia à memória, sem nada dever, as célebres e violentas revoltas feudais, resultantes de séculos de opressão e exploração senhorial. Homens e mulheres feridos, alguns com certa gravidade, mas inimigos derrotados sumariamente: esse foi o saldo da primeira intervenção direta dos moradores do Remanso num conflito inumano, que mais tarde o sacerdote definiria como "inusitada, iracunda e visceral"!

Restou o par de protagonistas, oponentes de peso e à altura do eclético grupo que os encarava, energias renovadas e confiança alavancada pelo apoio subitâneo da população. A aparência horrenda e degenerada do casal comprovava, em definitivo, que a imagem esplendorosa que lhes rendera notoriedade consistia em uma farsa fictícia e ilusória, uma trama infernal, engendrada com o intuito de atrair os turistas para a teia fatal, como mariposas voando para a luz. Encantadores das trevas exibiam-se, enfim, em seu estado vil e real: corpos deformados e envergados, rostos pálidos, atravessados por veias escuras e saltadas, olhos vazios que remetiam à morte! Uma neblina densa e repulsiva os envolvia, e suas vestes aparentavam ter vida própria, movendo-se ao redor como algas parasitárias e insinuantes, dispostas a avançar sobre os incautos antes mesmo que seus pérfidos donos!

Eduardo foi o primeiro a ser atacado e, com um movimento ágil, desviou das garras longas e afiadas de Tiago. Quatro projéteis espocaram dos tambores das armas do delegado e de Jussara, atingindo em cheio o peito do espectro, que retrocedeu, mas não se deteve. Tatiana partiu com gana para o miolo do grupo, mas foi impedida pela corrente protetora formada por Heloísa, Anderson, Felipe e Diogo e empurrada para longe num certeiro golpe de pernas de Juliana.

A pequena vantagem durou uma fração de segundo, e os monstros voltaram à carga. Tatiana mirou novamente o centro da equipe e atacou, quase acertando Clara e ferindo o ombro direito de Ângela, que se interpôs no intuito de proteger a filha. O braço robusto de Suema atingiu com força a noiva espectral, e a voz potente de Dinorá determinou, num berro, que ficasse longe de sua menina. Três disparos da arma de Diogo a empurraram de volta, mas o atordoamento foi momentâneo, e os dois voltaram a atacar em saltos felinos de garras estendidas, feras audazes em movimentos sincronizados e precisos, velozes e traiçoeiros!

Anderson não titubeou e barrou Tiago com o braço da prótese, que pareceu ganhar vida própria e força incomum; ato contínuo o atingiu no peito com o punhal, enquanto Eduardo cravou no pescoço de Tatiana a lâmina do crucifixo. Ambos foram ao chão, e todos contaram, mentalmente, um, dois, três, quatro... mas não lograram chegar ao número cinco! Os dois monstros se ergueram e partiram violentamente na direção do grupo no esforço de romper o cerco, atingindo quase ao mesmo tempo, mas sem maior gravidade, o delegado e Jussara na linha de frente. Estava claro que seu principal objetivo era chegar até Juliana!

A aparente invencibilidade daqueles inimigos sobrenaturais ameaçava estender o embate até uma provável derrota, apesar do reforço dos habitantes da vila, que já engrossavam as fileiras. Mas de que adiantava a vantagem quantitativa se seus oponentes, dotados de força absurda, não podiam ser mortos e não se cansavam?

Nesse momento de desesperança, a chegada de duas mulheres acenou com a possibilidade de mudança do cenário nada promissor!

Ester veio pela retaguarda, trazendo, junto ao peito, escondido sob a parca elegante, algo que parecia ser um objeto fino e longo. Aproximou-se a despeito dos sinais de alerta de Gustavo, temeroso por sua segurança. Depositou a espada alienígena nas mãos de Juliana, que acenou com a cabeça sem nada questionar, desembrulhando o artefato e o empunhando com destreza.

Pela diagonal, Eneida Mendonça também chegou acompanhada de quatro capangas armados, posicionando-se entre Eduardo e o delegado, que, embora ferido na perna, permanecia de pé e firme na luta.

Essa movimentação não passou despercebida aos espectros, que se mantiveram estranhamente em suspenso, até que o difuso emaranhado de pessoas se reagrupasse, numa espécie de trégua ameaçadora que prenunciava o embate final. Clara aproveitou aqueles minutos para se aproximar de Mateus, que permanecia distante e encolhido, e sussurrar misteriosas palavras em seu ouvido. Enquanto isso, Eduardo estabelecia uma breve comunicação com Eneida, que não conseguia tirar os olhos de Tiago – ou da aberração em que ele se transformara.

– Tem certeza disso?

– Não está vendo? Não é mais o meu filho! E, se ainda existe algo dele neste monstro, não vou permitir que fique vagando por aí, à mercê de um deus demente!

E então o casal atacou com força brutal, ferindo mortalmente no pescoço um morador de meia idade. Derrubaram mais dois, saltaram, romperam o cerco e postaram-se no centro, emitindo berros atordoantes e ininteligíveis e estendendo suas garras, instrumentos mortais capazes de eliminar, num só golpe bem-calculado, múltiplos contendores!

Juliana aguardava, espada em punho ao lado de Clara, o ataque do meio-irmão, que veio, mas não a atingiu. Tiago foi retido pelo braço robusto de Suema e por uma cacetada de chave de roda na cabeça, vertendo ao chão por força do golpe oriundo das mãos trêmulas de Mateus, que, com o rosto vermelho de fúria, berrava insanamente que não era lacaio!

Tatiana o substituiu em questão de segundos, lançando ao chão Heloísa e Felipe, apesar dos disparos nervosos de Diogo, temeroso de atingir os amigos aglomerados, e apesar das investidas frustradas de Mateus, revelando-se uma antagonista mais rápida e mais ágil que o parceiro.

A confusão era grande, e o espectro feminino conseguiu ficar frente a frente com Juliana, ambas se encarando como se isoladas num palco. As garras se estenderam ameaçadoras, mas, em vez da rival, atingiram superficialmente o braço de Clara, que se moveu, antevendo o perigo. E esse erro sutil de execução foi o suficiente para que a espada alienígena, domada pelas mãos treinadas da híbrida, atravessasse silenciosa e lânguida o corpo espectral, lambendo com graça os cabelos escuros e o delicado pescoço, separando do tronco a cabeça num golpe exemplar!

O espectro masculino seguiu atacando todos, aleatoriamente, ao redor. Ensandecido com o abate da parceira, não reconheceu, ao contrário do veterano Naldo, o punhal das escrituras, que pousava agora nas mãos de uma decidida Eneida!

Então dois dos capangas, mais Eduardo e Diogo, atacaram-no e o distraíram para que ela se aproximasse com a arma, que nem chegou a utilizar, porque Teresa Mendonça, saída não se sabe de onde, irrompeu feito louca no meio do grupo, tomou o punhal da filha e o cravou com determinação no peito do neto, cuja cabeça foi a seguir decepada pela espada de Juliana.

Em resposta ao olhar questionador do irmão, a garota, jogando para trás os longos cabelos que despencavam do rabo de cavalo, justificou com a petulância adolescente de costume:

– Que foi? Melhor garantir, né?

E no momento exato em que os monstros desintegravam-se, ensurdecendo a plateia com ganidos infames, uivos dilacerantes e gritos inumanos; no exato momento em que o odor fétido e derradeiro das criaturas abatidas se expandia pela atmosfera pervertida do distrito; naquele exato e apoteótico momento, o céu se iluminou em cores inimagináveis – misto de amarelo, cetrino e azul –, ofuscando os sentidos e dificultando a percepção das três imensas naves que sobrevoaram o Remanso, estacionaram brevemente no firmamento e então deslizaram no imperscrutável horizonte, em estupenda velocidade.

40

O aroma do churrasco inebriava os convidados, e o som da banda local dominava o entorno da sede da fazenda com o melhor da música popular brasileira, atendendo à preferência da jovem aniversariante, manifestada desde a infância sob a influência da professora Heloísa.

Juliana e Clara conversavam, sentadas num banco, perto da cerca, um pouco afastadas do movimento. Acompanhavam a menina Isabela, que não dava sossego ao cãozinho Guilo, perseguindo-o de um lado ao outro do terreno e se aproximando da mata em demasia.

– Dezoitou, hein? Viva a maioridade! – Clara comemorou enquanto Juliana revirava os olhos.

– Até parece! Cursando o ensino médio e com esse povo todo no meu pé, posso garantir que esse rito de passagem não terá qualquer significado no quesito liberdade! Isso para não mencionar os meus monstros de estimação, que não dão trégua!

– E eu, que já passei dos vinte, mas continuo colada na minha mãe? Nem sei se, algum dia, vão me deixar morar sozinha!

– É claro que sim! Vai fazer sua faculdade de Design, vai trabalhar, namorar, como qualquer garota da sua idade!

Clara gostava da forma simples e direta como Juliana conversava sobre questões complexas, fingindo ignorar as dificuldades que a amiga naturalmente enfrentava para se socializar e que se tornaram mais visíveis na adolescência e com a proximidade da vida adulta: momento de desenvolver habilidades, definir escolhas e tomar decisões para as quais um indivíduo autista, ainda que de grau leve e com acompanhamento adequado, nem sempre está pronto!

Juliana não facilitava para a amiga, não achava necessário. Gostava de desafiá-la com charadas e metáforas, acreditando que dessa forma a auxiliava na compreensão dos sinais do ambiente social. Funcionava como uma espécie de treino, e Clara acabava convencida de que tudo seria, de fato, mais fácil do que imaginara. Apreciava essa sensação, e a outra seguia conjecturando.

— Vamos fazer de tudo para levar uma vida normal, apesar das nossas particularidades. Não vou deixar ninguém me convencer de que sou uma aberração! Penso, inclusive, que talvez sejamos a evolução, uma chance de recomeço para a espécie humana, que, do jeito que vai, está fadada ao desaparecimento! Olha só, existem muitos como você. Quer dizer, não exatamente como você; cada qual a seu modo, sei disso. Mas a verdade é que existe um número cada vez maior de autistas no mundo, não se sabe bem o porquê. Claro que isso também tem a ver com o avanço da ciência e dos diagnósticos e blá-blá-blá, mas isso não explica tudo! Quem pode garantir que também não há outros híbridos, como eu, circulando por aí?

— Acho muito difícil! — Clara sempre captava as mensagens da amiga, era detentora de uma inteligência incomum. E havia entre as duas uma simbiose perfeita. Quando estava com ela, e só com ela, Juliana aproveitava para divagar, como se liberada da armadura de super-heroína que lhe havia sido imposta ainda aos catorze anos!

Isabela aproximou-se com o pinscher exaurido, que, contudo, tornou a se agitar, subitamente interessado em algo que se mexia na moita. Desprovido de noção, como é típico da raça, latiu e avançou na jararaca, que armou o bote ao se sentir ameaçada. Juliana, alertada, apenas levantou a mão direita na direção do réptil, que imediatamente recuou para a mata. E, enquanto Isabela e o cãozinho, ignorando o perigo, retomavam a brincadeira, Clara encarava a amiga com curiosidade.

– Onde aprendeu a fazer isso?

– Ué, andei treinando! E não apenas com Eduardo! – Piscou para a outra com ares de mistério, e ambas sorriram com cumplicidade.

Diogo e Felipe também riam, discretamente e à distância, enquanto Suema gargalhava sem o menor pudor e repetia a frase que se tornara seu mais novo mantra.

– Olha que ele vai exorcizar essa! Já está pegando o terço e a Bíblia! – Para ela, tudo o que dizia respeito a Eduardo estava agora ligado a exorcismos. Felipe acreditava que ela compreendera, havia pouco tempo, os talentos especiais do sacerdote, resguardados em relativo sigilo. Daí essa fixação!

O trio observava a expressão enfastiada no rosto de Eduardo, cercado por uma ansiosa Cidinha que mal permitia que ele se movesse, num surto de preocupação exacerbada com o filho, que se tornara amigo de Clara após o embate nas ruas do distrito.

– O senhor sabe, padre, não tenho nada contra a moça! Mas ela tem aquele probleminha, né? Desde pequena!

– Não é um probleminha, dona Cidinha! – Eduardo enfatizou o termo. – Muito me admira a senhora, uma professora, demonstrando esse tipo de preconceito!

– Não é preconceito, padre, longe disso! Mas agora que o meu Mateus tomou juízo, está trabalhando na clínica com o Gustavo, passando nas provas do ensino médio, vai prestar vestibular para Veterinária… Não quero que nada atrapalhe o futuro dele, o senhor entende?

– Não, dona Cidinha, não entendo! Clara é autista, e daí? Autismo não é doença, é só uma maneira diferente de ser e de atuar no mundo! E, ainda que assim não fosse, teríamos que respeitar as escolhas deles! —Viu a expressão perplexa no rosto da mulher e optou por amenizar. — Ela também está estudando e ainda ajuda a mãe na pousada. É uma ótima moça! — Mas a expressão incrédula dela persistia, e ele perdeu de novo a paciência. — A senhora deveria sentir vergonha, até porque o seu filho esteve envolvido em problemas durante anos; e, detalhe: problemas que ele mesmo criou! Também foi estigmatizado e quase acusado de crimes que não cometeu, por conta desses comportamentos! Olha o teto de vidro, hein?

A professora, estarrecida com o desabafo do padre, desconversou e saiu de fininho. Então foi Ângela quem se aproximou, queixosa.

— Não gosto de parecer intolerante, mas não quero a Clara envolvida com esse rapaz! — Eduardo revirou os olhos e tornou a argumentar.

— E quem disse que eles estão envolvidos? Até onde eu sei, são apenas amigos!

— Não sei, não! Estão muito grudados, e você conhece bem os problemas dele!

— Ele não usa mais drogas, Ângela! Está trabalhando e voltou a estudar. Parece que a experiência como capacho do casal lhe serviu de lição!

— Mas a Clara já tem as próprias questões! E é ingênua demais, não sabe discernir com clareza os sinais de perigo. Não pode namorar um garoto desse tipo, sabemos que as recaídas são comuns!

— Ah, tenha dó, Ângela! Clara é uma moça funcional e independente, graças ao seu esforço e dedicação. Quanto ao Mateus, não se esqueça de que também é muito jovem, merece outra chance, e garanto que tem se esforçado bastante. Não seja preconceituosa! Logo você, que já enfrentou tanta coisa para proteger sua filha! E digo mais, essas interferências costumam surtir efeito contrário, hein? Melhor deixar os dois em paz! – Dito isso, foi para perto da churrasqueira, onde estavam Ester, Gustavo e a nova integrante da família: a cachorrinha testemunha do massacre dos turistas, adotada pelo casal.

Suema seguia rindo da situação constrangedora do amigo, que, mesmo à distância, o trio de observadores atentos identificava sem esforço. A famosa paciência de Eduardo vinha sofrendo um desgaste progressivo. Essa tendência, pouco lisonjeira para um sacerdote, era justificada por Felipe sob o argumento de que pessoas forçadas a lidar com o sobrenatural não têm mesmo estômago para as mazelas do cotidiano.

– Mas que coisa, gente! A Ângela deveria estar feliz! Eu já estava até com medo de que essas duas meninas, esquisitas como são, acabassem ficando pra titia! – espezinhou Suema.

– Mas olha quem fala, a rainha dos relacionamentos! Por acaso você já namorou alguma vez na vida? – Diogo retrucou, e Suema riu ainda mais.

– E se elas ficarem sozinhas, qual o problema? – intercedeu Felipe. – Existem muitas outras formas de afeto além do amor romântico! E o bem-estar da mulher não está condicionado à presença masculina, você com certeza sabe disso! Que expressão mais machista e antiquada, Suema! Em que século você está vivendo?

– Na era feudal, correndo o risco de ser acusada de bruxaria e de ser queimada na fogueira! Ou acha que não sabemos que você anda fazendo uns chazinhos medicinais? Que assumiu a clientela da nossa velha amiga e até ampliou, e que tem gente fazendo fila para se consultar com a nova poderosa do Remanso? Depois que exibiu a força do braço no confronto, então, nem se fala! Está bombando! Afinal, não é de hoje que o povo daqui adora uma solução alternativa! – Diogo atacou, e, quanto mais eles a provocavam, mais ela ria, chegando a se dobrar e a verter lágrimas pelo rosto.

Diogo buscou com os olhos as duas meninas. Não demorou a focar Clara, um tanto tímida, mas nem um pouco contrariada, ao lado de um reverente Mateus, que a cercava como quem protege um bibelô de cristal; e Juliana, que interagia, descontraída, com Upiara, presença surpreendente num evento social. Observando o quarteto, seguido de perto pela menina Isabela, teve um vislumbre da nova geração de protetores do Remanso, fortalecida por um componente cósmico e outro místico: uma híbrida alienígena e um enviado dos povos originários! Sentiu-se obsoleto.

— De qualquer maneira, e embora eu concorde que há muitas outras formas de afeto, algo me diz que você está redondamente enganada! E, meu querido, peço que lance mão dos seus poderes mediúnicos para convocar a nossa saudosa Dinorá! Não estou mais aguentando as maluquices dessa aqui, com a cachola cheia de cerveja! — brincou Diogo.

— Dinorá escafedeu-se! Não aparece desde a luta no distrito, e isso foi há mais de três meses. Talvez nem volte mais! — provocou Suema.

— Acho muito difícil! — Felipe refutou. — Nossa velha amiga só descansará quando tudo estiver terminado. Conforme-se em ser o vaso dela por um bom tempo ainda!

Márcio Fonseca surpreendeu-se com o toque da mão de Eneida Mendonça no ombro. Estava muito bonita, com uma saia midi camurçada e botas de couro marrom, bem no estilo rural. A camisa bege valorizava o corpo bem-cuidado, destacando a cintura fina e os quadris largos. Aprendera a admirar aquela mulher, a despeito de um certo desconforto — ou temor seria a palavra exata? — que a presença dela lhe proporcionava.

Ela sorriu, ele retribuiu e perguntou da mãe.

— Teresa Mendonça é dura na queda! Já está em casa, mas ainda se recuperando!

— Ela já havia manifestado algum problema cardíaco?

— Nunca, embora sofresse de hipertensão, controlada com remédios de uso contínuo.

— Desculpe tocar no assunto, mas creio que aquilo foi demais para ela...

— Verdade, tenho pensado bastante sobre isso! Estou fazendo terapia e também converso muito com o Eduardo, o que tem me ajudado. Acho que não adianta a gente se recusar a falar quando o tema é recorrente na nossa cabeça. Concordo que aquilo tudo foi demais para ela, mas sei que fez para me poupar; além de se sentir, em parte, responsável pelo que aconteceu com o Tiago. Minha mãe pode ter todos os defeitos do mundo, mas é inquestionável o amor que sente pela família!

— É como diria meu colega Aldair: ninguém é mesmo uma unanimidade!

Eduardo juntou-se a eles e intercedeu.

— Exceto o Naldo Cardoso!

— Creio que nem ele, meu amigo!

Riram, e Eneida quis saber detalhes de como o delegado havia se virado para explicar o desfecho extravagante dos fatos.

— Desta vez foi mais fácil. Afinal, os corpos dos zumbis arregimentados pelo casal não se desintegraram. Nada como ter em mãos uma coleção de defuntos com extensas folhas de antecedentes! Foi só acrescentar alguns ilícitos extras e bingo! Não me orgulho do que fiz, mas foi por uma boa causa.

Eneida sorriu e se afastou ao ver que Ângela se aproximava, não sem antes disparar um petardo na direção de Márcio.

— Vá me visitar na fazenda. Tenho certeza de que ainda temos muitos mistérios a elucidar! — Diante disto, o delegado, um pouco constrangido, comentou com o amigo que a viúva, aparentemente, voltara ao seu normal.

Os gêmeos estavam mais que animados, revezando-se entre as brincadeiras com as outras crianças e os cinco patinhos órfãos que nadavam numa bacia, presentes da babá Daniela, batizados com os nomes dos Quatro do Remanso: Eduardo, Heloísa, Anderson e Felipe, e mais Diogo, todos pronunciados daquele jeito enrolado dos pequenos, muito embora ninguém soubesse ao certo quantos eram machos e quantas as fêmeas.

Heloísa apreciava a dedicação extremada da moça, mas questionou aquele presente vivo, entendendo que era cedo demais para que seus filhos fossem capazes de cuidar dos bichinhos. Deixou, contudo, que permanecessem, porque as crianças precisavam de afeto e diversão depois de tudo o que haviam passado. Orientou-os, na medida do possível, quanto às regras e responsabilidades para a adoção de animais, ainda que se tratasse de uma espécie que passava a maior parte do tempo na água.

Não havia gaiola disponível, porque Anderson não admitia pássaros presos nem se dedicava à criação de animais de pequeno porte. O jeito foi improvisar um caixote de madeira, desses que guardam alimentos, maior e mais seguro que a caixa de sapatos que os abrigara até então. Como já anoitecia, a mãe recomendou que o caixote fosse colocado na varanda e a tampa fixada com uma pedra, de forma a impedir eventuais ataques de predadores.

A gritaria, meia hora depois, atraiu a atenção de todos!

Eduardo, assaltado por um intenso latejar da cicatriz no ombro, correu para a varanda, seguido de perto por Diogo e Felipe.

Anderson foi o primeiro a chegar, perplexo ao ver a pedra caída no interior da caixa e três dos cinco patinhos esmagados; um deles ainda vivo, arrastando-se com as patas quebradas e as vísceras expostas! Em silêncio, recolheu a pedra e selou, num gesto determinado de piedade, o triste destino do filhote mortalmente ferido. Afagou a pequena Irene, que, abrigada no colo de Heloísa, cobria as bochechas com as delicadas mãozinhas. Olhou com ternura para o filho, no intuito de consolá-lo pelo acidente infeliz ao qual dera causa.

Estacou ao vislumbrar, no rosto angelical de Maxím, um sorriso sutil e uma recém-adquirida, mas já irrefutável, semelhança com o avô. Lembrou-se de dona Carola, mãe do Naldo, e de sua bizarra teoria de que a loucura sempre salta uma geração. Sentiu uma incômoda comichão na mão amputada.

EPÍLOGO

Ablat estava aborrecido. E ligeiramente faminto.

Podia escutar a música, como podia escutar quase tudo e quase tudo ver em sua incessante vigília, embora o feitiço primitivo o impedisse de se aproximar demais. Era surpreendente que aqueles nativos, com sua cultura reduzida a farrapos, ainda dominassem as técnicas de invocar os antigos para obter proteção!

A mestiça estava comemorando. Os humanos não perdiam aquele hábito ridículo, decerto em razão da brevidade de suas existências medíocres. Se Naldo ainda estivesse por ali, já teria intercedido: a aproximação das datas festivas sempre o perturbara.

Ablat apreciara o Naldo, fora um dos seus favoritos em muitas décadas. Apreciara sua força, sua destemperança. Mais que isso, apreciara sua intensidade, sua raiva, sua fixação inesgotável naquela mulher. Tivera prazer em sentir, em absorver todo o desvario daquela mente atormentada. Divertira-se com ele, com aquela insanidade autêntica, peculiar aos Cardoso. Alimentara-se também disso; não apenas de suas vítimas.

Não ficara nada satisfeito com a destruição precoce de seu asseclas, um verdadeiro clássico! Tinha ânsia, tinha ódio, tinha paixão, tudo preservado intacto na outra vida. Ablat gostava disso. Por essa razão o escolhera, e porque criara um vínculo especial e recíproco com a família, com sua loucura e sua depravação.

Muito diferente desses últimos jovens, com seu desequilíbrio artificial e seus distúrbios regados a terapias, ansiolíticos e antidepressivos. Ablat não gostava dos medicamentos. Anestesiavam. Amorteciam. Amenizavam a dor e a emoção. Humanos desprovidos de humanidade, que graça poderia haver nisso?

Deixara-os bem à vontade, em parte por indiferença, em parte porque lhe agradava instaurar o caos, mas principalmente porque se regozijara bancando o Deus do Velho Testamento, ao idealizar e criar uma nova espécie de casal primordial!

E o que fizeram, os tontos? Exibiram-se, fabricaram mortos-vivos de segunda e, por fim, ambicionaram voltar à vida, subtraindo corpos e identidades infantis, tal qual espíritos mundanos! Insetos insignificantes, incapazes de compreender a dimensão da honra que lhes fora concedida!

Ablat tinha plena consciência de sua importância para a civilização. Sabia que a sua presença embasara muitos dos conceitos norteadores das grandes religiões. O ideário cristão de inferno originara-se dele acima de tudo: um deus proscrito, um dementador fadado a estabelecer morada nos subterrâneos e nas águas estagnadas, um ser transcósmico cuja principal tarefa consistia em dominar e manipular os ímpios.

Conhecia bem o Universo, era uma realidade predominantemente fria e sórdida. Estava ciente de que não havia mais tantos mundos habitáveis; ao menos, não com o potencial necessário para satisfazer seu ciclo alimentar e sua vocação para a diversão. Até porque outras entidades, tão antigas e ferozes quanto ele, haviam se incumbido de consumir, ou destruir por mero deleite, os derradeiros nichos.

Ablat também sabia que o tempo estava do seu lado. Como todos os antigos, originara-se havia milhões de anos, dos quais apenas os últimos milhares passara na Terra, fartando-se e extasiando-se com a humanidade: sua vaidade exacerbada, sua fragilidade infame e seu incomparável sabor. Era pouco, na sua concepção de imortal!

Mas ele também estava farto de viver nas sombras. Seriam os humanos capazes de reconhecê-lo? Capazes de adivinhar seu nome, o nome do Devorador de Mundos, do Grande Ineptablathotep?

Já era hora de se apresentar!

Não tão depressa, contudo. Antes, trataria de se entreter um pouco mais em Remanso, aquele excêntrico território que por séculos acolhera, e acobertara, sua lúbrica presença.

Porque, num único aspecto, concordava com seus jovens e recém-dizimados emissários: ao contrário da refratária geração anterior, aquela nova safra dos Cardoso representava uma tenra e deliciosa promessa!

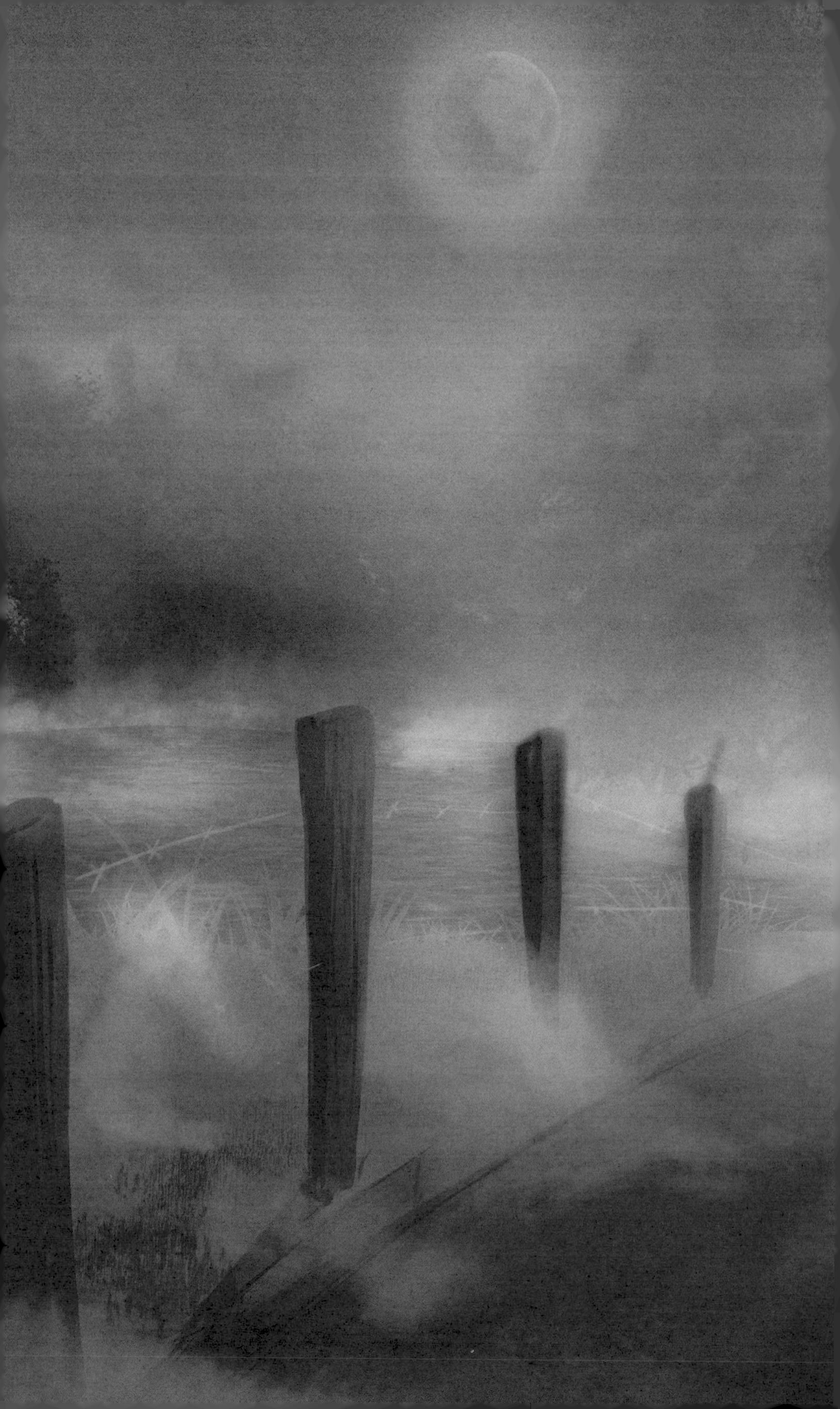

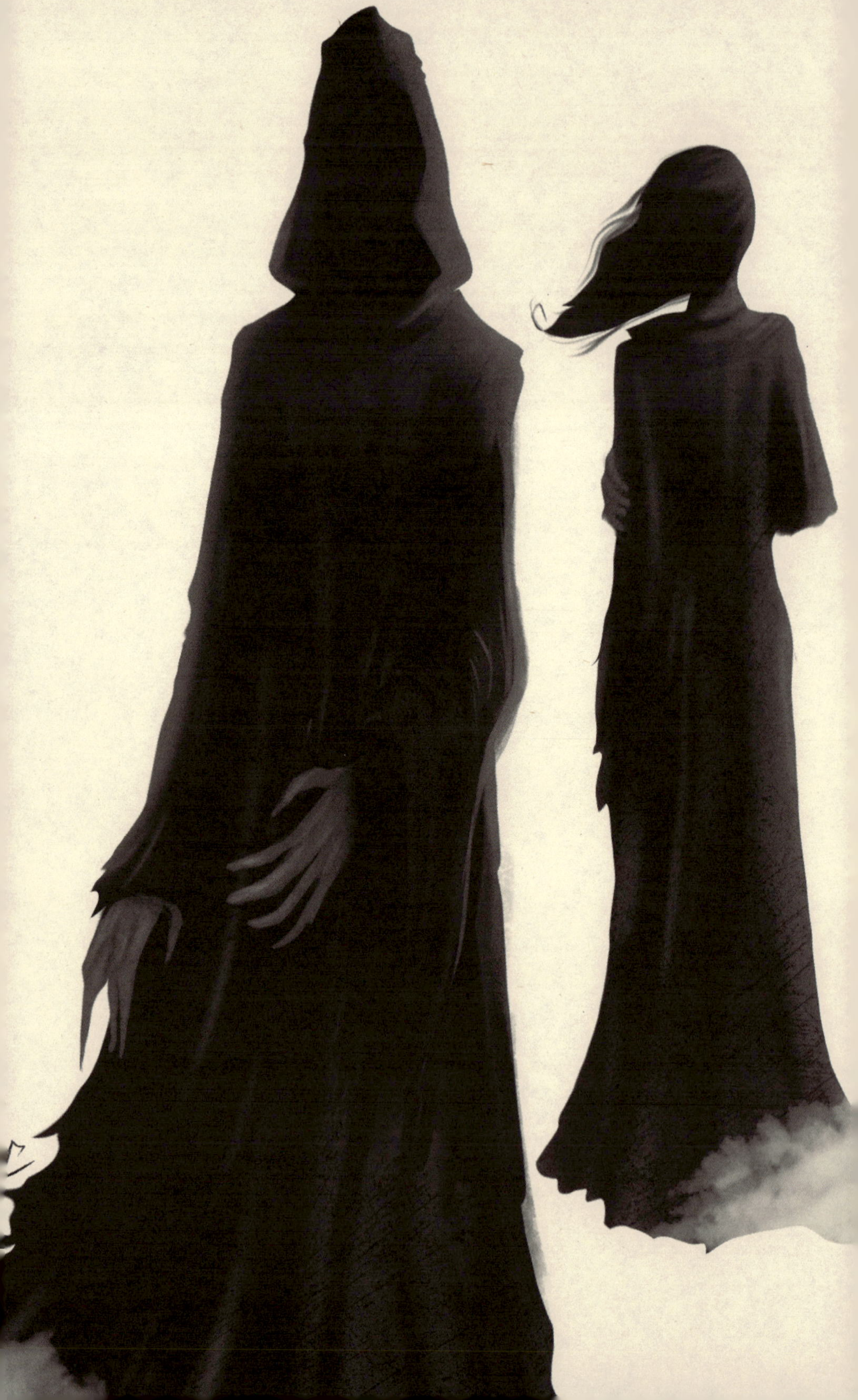

grupo novo século

Compartilhando propósitos e conectando pessoas
Visite nosso site e fique por dentro dos nossos lançamentos:
www.gruponovoseculo.com.br

ns

facebook/novoseculoeditora
@novoseculoeditora
@NovoSeculo
novo século editora

gruponovoseculo
.com.br

Edição: 1ª
Fonte: Bembo Std